AF199320

Federleichte Weihnachten

Maya Prudent

# Federleichte Weihnachten

## Impressum

Deutsche Originalausgabe, 1. Auflage 2019
ISBN: 978-3-7504-2734-1

Ihr findet mich auf www.facebook.com/prudent.maya/

Bibliografische Information der Deutschen Nationalbibliothek: Die
Deutsche Nationalbibliothek verzeichnet diese Publikation in der
Deutschen Nationalbibliografie; detaillierte bibliografische Daten
sind im Internet über dnb.dnb.de abrufbar.

Covergestaltung: Alisha Mc Shaw / www.AlishaMcShaw.de
(Unter Verwendung von Motiven der Depositphotos.com – Pics4ads
& Violka08)

Lektorat: Kristina Tausek
Buchsatz: Vivien Summer

# 1. Kapitel

Stille umfing sie, sobald sie das eiserne Tor hinter sich geschlossen hatte und schweigend zwischen den vielen Steinen der Trostlosigkeit hindurch ging. Reihen von stillem Gedenken lagen nebeneinander, sollten an diejenigen erinnern, die nicht mehr Teil des Lebens sein konnten. Eigentlich ein Ort des Kontakts zu demjenigen, den man hatte gehen lassen müssen. Doch für Susan war der Friedhof vor allem ein Ort, an dem sie weinen konnte, ohne schief angesehen zu werden. Auch jetzt wurde der Kloß in ihrem Hals mit jedem einzelnen Schritt größer. Weil sie es sich gestattete. Weil sie nicht ihre Maske aufsetzen musste.

Die Kälte schlich sich mit Hilfe des eisigen Windes in ihre Kleidung und Susan zog den Mantel enger um sich, während sie vereinzelten gefrorenen Pfützen auswich. In eine der zahlreichen Reihen bog sie ab und ihr Blick fand sofort den schwarzen Stein, in den eine Feder eingraviert war, direkt neben Allys Namen. Seit fast vier Jahren kam sie hierher. Manchmal öfter, manchmal seltener. Aktuell war sie fast jeden Tag auf dem Friedhof. Normal für die Weihnachtszeit, nach der sich Allys Tod einmal wieder jähren würde. Susan kniete vor dem Grab nieder und strich über die eiskalte, steinerne Platte und das Datum, an dem ein schrecklich großes Loch in ihr Herz gerissen wurde. Ein Loch, was nichts jemals wieder ausfüllen würde. Tränen traten in ihre grünen Augen und zum ersten Mal an diesem Tag ließ sie diese in aller Öffentlichkeit laufen.

Vor fast vier Jahren hatte sie mit Ally auf deren Bett gesessen und ihre Hand gehalten, das kleine, zarte Händchen. Ihre Tochter bestand zu diesem Zeitpunkt schon nur noch aus Haut und Knochen und war doch ein Mädchen, das ihr ganzes Leben eigentlich noch vor sich hatte, das jeden Tag vor Lebensfreude sprühte. Ihr Hals zog sich eng zusammen. Warum hatte das Schicksal sich diesen Weg für sie ausgedacht? Warum hatte sie ihr Leben nicht wenigstens noch ein paar Jahre länger auskosten dürfen? Keine Behandlung wollte anschlagen, nichts hatte die Leukämie aufhalten können.

*Mommy, ich werde dein Engel sein und vom Himmel aus auf dich aufpassen.*

Und dann hatte Ally nach einem Jahr, das sie hauptsächlich in Krankenhäusern verbracht hatte, in Susans Armen die Augen geschlossen und ihrer Welt alle Farbe entrissen. Mit ihrer Tochter war alles gegangen, was je wichtig gewesen war und ihrem Leben einen Sinn gegeben hatte. Wie oft hatte sie überlegt, ihrem Leben ein Ende zu setzen, aber das Bild ihrer Tochter, wie sie in ihren letzten Minuten in ihrem Arm gelegen hatte, hielt sie davon ab. Wenn sie Ally da drüben in der anderen Welt wiedersehen würde, dann sollte Ally lachen, wie sie es immer getan hatte, und nicht traurig darüber sein, dass sie ihre Mommy nicht weiterhin als Engel auf der Erde begleiten konnte.

Also schleppte sie sich von Tag zu Tag. Von Nacht zu Nacht. Immer bemüht die Maske nicht fallen zu lassen, die sie aufgesetzt hatte, damit niemand sah, dass sich nach vier Jahren nichts in ihr verändert hatte. Die Erde hatte aufgehört sich zu drehen. Und sie würde niemals wieder damit anfangen, egal, wie sehr sie es sich manchmal selbst wünschte. Niemand konnte ihr das kleine Mädchen zurückgeben, das ihre Welt mit einem einzigen Schrei aus den Angeln gehoben und sie mit seinem Verstummen in den Abgrund gestürzt hatte. Und auch wenn alle zunächst meinten, sie hätten Verständnis, niemand hatte es wirklich.

*Du musst endlich wieder anfangen zu leben.* Kein Jahr nach der Beerdigung war der Satz ihrer Mutter das erste Mal gefallen. *Du bist doch jung genug. Wenn du einen Mann kennenlernen würdest, dann könntest du ein weiteres Kind bekommen und endlich damit abschließen.*

Selbst bei dem Gedanken daran, musste sie bitter auflachen. Als würde ein anderes Kind Ally jemals ersetzen können. Als würde sie durch ein anderes Kind, die Trauer über den Verlust ihrer Tochter hinter sich lassen können.

Als diese Worte immer häufiger über die Lippen ihrer Mutter kamen, erschuf sie die Maske und nutzte sie seitdem immer, sobald andere Menschen ihre Trauer nicht verstehen konnten. Wer nicht verstand, was in diesem einzigen Augenblick passiert war, hatte kein Recht darauf, etwas anderes von ihr zu sehen. Sobald sie das Unverständnis bemerkte, verschloss sie sich und zeigte sie ihren Mitmenschen nur noch die maskierte Susan.

Eine starke Frau, die jeden Tag ihrer Arbeit als Industriekauffrau nachging, die so oft wie möglich in der örtlichen Bücherei beim Vorlesen aushalf, die ein ganzes Wohnzimmer voller Weihnachtsgeschenke hatte, die sie in die Kinderstation im Krankenhaus brachte, damit kranke Kinder an Weihnachten etwas zu lachen hatten.

Doch die wirkliche Susan, die saß an diesem Grab und

sprach mit ihrer Tochter. Und übersah dabei die strahlend blauen Augen, die sie von der Baumreihe am Rande des Friedhofes immer öfter beobachteten.

***

Der Wind rauschte durch die Straßen der Stadt und Susan zog ihren Mantel fester um ihre Schultern. Noch hatte es keinen Schnee gegeben, doch der Winter war in Deutschland deutlich auf dem Vormarsch und die ersten Flocken waren für das Wochenende angekündigt worden. Auch wenn sie dann nicht nach draußen gehen wollte, liebte sie es, dem weißen Treiben von drinnen zuzusehen und mit einem heißen Tee in die Flocken zu starren. Vielleicht würde sie ein paar Plätzchen backen, die sie mit in die Klinik nehmen könnte, wenn sie die Geschenke dort abgab.

»Mama, schau mal«, riss ein kleiner Junge mit rotem Gesicht sie aus ihren Gedanken. Natürlich war ihr klar, dass sie nicht gemeint sein konnte, dennoch drehte sie sich automatisch in seine Richtung und sah eine Frau aufstöhnen.

»Daniel, wir haben schon alle Weihnachtsgeschenke und Oma wartet auf uns. Jetzt komm.«

Die Augen des Kleinen wurden groß unter seiner roten Mütze.

»Aber...«

Susan hätte am liebsten aufgeseufzt und sich neben den Kleinen gehockt, um ihm zu versichern, dass seine Mama mit Sicherheit schon alle Wünsche an den Weihnachtsmann weitergegeben hatte. Doch diese verdrehte nur die Augen, packte ihr Kind bei der Hand und zog es von dem Schaufenster weg, in dem neben einem geschmückten Weihnachtsbaum und einigen Engelsfiguren auch eine Auswahl des neuesten Spielzeugs stand.

Kopfschüttelnd sah sie den beiden hinterher und verdrängte den übermächtigen Gedanken, diese Frau zu schütteln und ihr ins Gesicht zu schreien, sie solle froh sein, ein Kind zu haben, das noch Wünsche äußern könne. Doch was hätte es ihr gebracht? Ein paar mitleidige oder sogar erboste Blicke einer Mutter, die im Weihnachtsstress Besseres zu tun hatte, als sich mit einer Unbekannten über Kinder zu unterhalten.

Mittlerweile konnte sie eigentlich ganz gut mit solchen alltäglichen Situationen umgehen, sie an sich abprallen lassen, ohne innerlich aufgewühlt zu werden. Aber gerade nach einem Besuch auf dem Friedhof fielen ihr solche Begegnungen besonders schwer. Sie wünschte sich für einen Moment, die Eltern dort draußen würden begreifen, mit welchem Glück sie gesegnet waren. Und doch wusste sie ebenso, dass nichts im Leben so einfach war. Wie oft hatte sie sich – als Ally noch klein war – vorgestellt, wie ihr Leben wohl verlaufen wäre, wenn dieses kleine, ungeplante Wunder nicht geschehen wäre. Und in manchen dieser Vorstellungen wäre sie sogar ohne Kind wesentlich glücklicher gewesen. Aber jetzt – wo Ally nicht mehr da war – verfluchte sie sich für jeden einzelnen dieser Gedanken. Hasste sich regelrecht dafür, überhaupt jemals darüber nachgedacht zu haben. Und manchmal, wenn auch selten, fragte sie sich, ob Allys Tod die Strafe war, weil sie ihr Glück nicht direkt hatte annehmen können.

Susan wandte ihren Blick von der weißen Engelsfigur im Schaufenster ab und seufzte, als sie weiterging. Dicke grüne Girlanden hingen von Lichterketten umschlungen über der Straße und führten die festlich gestimmte Meute zum großen Markt, der noch mehr Weihnachtszauber versprach. Bisher hatte Moritz jedes Jahr versucht, sie zu überreden, mit ihm dort hinzugehen. Doch sie hatte ihn jedes Jahr vertröstet. Jede Zeit ohne Ally war schwer, aber die Weihnachtszeit - die Zeit, in der sie gestorben war - konnte Susan kaum aushalten. Auch wenn es von Jahr zu Jahr etwas besser zu werden schien, gab sie sich nicht der Illusion hin, dass es eines Tages nicht mehr schmerzen würde. Und so wollte sie nicht unter Leute.

Sie bog an der nächsten Ecke ab und ging zielstrebig zu ihrer Wohnung, um sich dort endlich dem großen Stapel an Geschenken zu widmen, der sich in ihrem Wohnzimmer immer breiter machte. Ihr letztes Weihnachten in dieser Welt hatte Ally in der Klinik verbracht, bevor Susan sie ein paar Tage später in Absprache mit den Palliativärzten zum Sterben zu sich nach Hause geholt hatte. Wie sie auf die Idee gekommen war, allen Kindern ein Geschenk machen zu wollen, wusste Susan heute nicht mehr. Sie erinnerte sich jedoch genau an den Gesichtsausdruck ihrer Tochter, als diese das Strahlen in den Augen der anderen Kinder entdeckt hatte, die nicht nur Geschenke von ihren Eltern mitgebracht bekamen, sondern ebenfalls ein Päckchen unter ihrem Bett fanden. Ally hatte den gesamten Abend von einem Engel gesprochen, der die Geschenke verloren haben müsste. Vor allem ihrem Freund Sammy, den sie auf der Station kennengelernt hatte, erzählte sie immer wieder davon. Ihr Gesichtsausdruck währenddessen ließ Susan seit Jahren nicht mehr los und hatte dafür gesorgt, dass sie nach Allys Tod nicht damit aufhörte.

Moritz, der ehemalige Arzt ihrer Tochter, hatte sie im ersten Jahr mit großen Augen angesehen, als sie ihn aus seiner Schicht geholt hatte, um ihr zu helfen, etwas aus ihrem Auto auszuladen. Damals war das Weihnachtsfest ohne greifbaren Engel ausgekommen, weil sie ihn und die Kinder mit der Aktion überraschen wollte. Doch schon im nächsten Jahr hatte er ihr geholfen, ein Fest für die Kinder zu planen und einen Engel zu engagieren, der die Geschenke überreichen sollte. Sie war allerdingst nicht dortgeblieben, um die leuchtenden

Augen der kleinen Patienten zu sehen. Sie wollte nicht einmal in ihre Nähe. Zu groß war die Angst, es nicht ertragen zu können. Im folgenden Jahr hatte Moritz sie gar nicht erst gefragt, sondern ihr nur einen Kuss auf die Wange gegeben und sich bei ihr für ihre Großzügigkeit bedankt, als sie ihm einen Kofferraum voll Geschenke vor die Krankenhaustür stellte.

Zuhause angekommen wurde sie von einer quietschenden Eingangstür begrüßt, der mit Sicherheit nur ein Tropfen Öl fehlte, doch hierzu konnte sich Susan ebenso wenig überwinden, wie dazu, Allys Zimmer auszuräumen und die Sachen ihrer Tochter wegzugeben. Auch jetzt strich sie über die pinken und lila farbenen Holzbuchstaben, die an der weißen Zimmertür klebten und Allys ehemaliges Reich markierten. Die Tür selbst zu öffnen und sich auf den flauschigen, blauen Teppich in der Mitte des Zimmers fallen zu lassen, gestattete sie sich heute nicht. Am Grab waren schon genug Tränen geflossen und die Geschenke warteten darauf, endlich verpackt zu werden.

Sie hängte ihren Mantel an die Garderobe direkt gegenüber von Allys Zimmertür und machte sich anschließend auf den Weg ins Wohnzimmer. Es war nicht groß, war es schon damals nicht. Aber sie war eine alleinerziehende Mutter gewesen und wollte Ally nicht den ganzen Tag in eine Betreuung geben. Mit ihrem Halbtagsjob und der Unterstützung des Vaters, der außer Geld nichts für seine Tochter übrighatte, konnte sie sich nicht mehr leisten, als die kleine Sechzig-Quadratmeter-Wohnung. Zwei winzige Schlafzimmer, ein Bad ohne Tageslicht und ein Wohnraum, in dem die Küchenzeile praktischerweise mit untergebracht war, ihr kleines Reich. Um wenigstens etwas Platz zu haben, hatten sie und Ally von Anfang an auf einen Esstisch verzichtet und stattdessen alle Mahlzeiten auf dem Fußboden an dem niedrigen, weißen

Couchtisch eingenommen. Natürlich hatte sie von anderen Vorzeigemüttern, mit denen sie sich in den ersten Jahren nach Allys Geburt getroffen hatte, weil sie zufällig alle im gleichen Vorbereitungskurs gewesen waren, einige abfällige Kommentare anhören müssen. Doch mittlerweile konnte sie über diese Kommentare nur noch lachen. War es wichtig für ein Kind, dass es an einem hohen Tisch aß? Dass es auch ja in seinem eigenen Zimmer übernachtete? Nein, alles, was ein Kind in seinem Leben brauchte, war die Liebe seiner Eltern – in Allys Fall ihre Liebe. Zum Glück war Ally ein unkompliziertes Kind gewesen. Sie machte sich ebenso wenig etwas aus dem Geschwätz der Menschen, wie ihre Mutter.

Um den Couchtisch herum stand ein blaues Ledersofa, von dem aktuell jedoch nichts zu erkennen war, da Susan hier die Geschenke, die von ihr verpackt werden wollten, gestapelt hatte, während die anderen den Blick auf den gegenüberliegenden Fernseher versperrten. Ja, für einige Wochen war vor Weihnachten ihr Wohnzimmer nicht zu gebrauchen und sie musste im Stehen an der Küchentheke essen. Aber das war es ihr wert.

Sie ließ sich vor den Couchtisch sinken, unter dem sie einige Rollen mit buntem Geschenkpapier gelagert hatte. Ihr war es egal, wer welches Geschenk bekommen würde. Sie wollte Moritz und den Engel jedoch etwas entlasten. Daher hatte sie es sich zur Gewohnheit gemacht, die Geschenke, die für Jungen gedacht waren, in blaues und grünes Geschenkpapier zu verpacken, während die für die Mädchen von pink und rosa umschlungen wurden. In gelb und orange strahlten die, bei denen es egal war, ob ein Junge oder ein Mädchen sie in Händen halten würde. Moritz kannte seine kleinen Patienten gut genug, um zu wissen, welchem Kind er welches Geschenk überreichen lassen wollte.

Sie griff nach einem Paket, in dem einige Spielzeugautos

steckten, und legte es vor sich auf den Tisch ab, bevor sie die Schere durch das blaue Papier gleiten ließ, um einen Streifen davon unter das Päckchen zu schieben. Gerade als sie nach dem Tesafilm griff, schrillte hinter ihr das Telefon und sie ließ erschrocken den Abroller fallen, der mit einem dumpfen Knall neben ihren Beinen landete.

## 2. Kapitel

Mühsam erhob sie sich vom Boden und ging hinüber zu der schwarzen Station, in der das schnurlose Telefon auf seinem Display die Vorwahl von England anzeigte. Für einen kleinen Moment überlegte Susan, ob sie überhaupt abheben sollte, denn sie hatte keine Lust, mit ihrer Mutter zu sprechen. Sie wusste jedoch ebenso, dass ihre Mom dann den ganzen Abend bei ihr anrufen würde, um ihre Tochter zu erreichen. Und da sie noch weniger Lust hatte, die Hoffnung in der Stimme ihrer Mutter zu hören, wenn sie sie fragte, was sie nach der Arbeit unternommen hatte, hob sie doch ab.

»Hallo Mom«, begann sie zaghaft.

»Darling«, trällerte es da schon von der anderen Leitung. »Für einen Moment habe ich geglaubt, du wärst gar nicht zu Hause.«

Susan ließ sich auf das Sofa fallen und legte den Kopf gegen die Lehne, bevor sie ihre Augen schloss und über ihre Schläfe rieb. Zu ihrer Erleichterung hatte ihre Mom den Computer und Skype nicht für sich entdeckt, sonst würde sie es sich mit Sicherheit nicht nehmen lassen, ihre Tochter bei jedem Gespräch auch sehen zu wollen. Susan hatte ihrem

Bruder ins Gewissen geredet, als er vorgeschlagen hatte, letztes Weihnachten einfach über Skype zu telefonieren, damit die Familie sich wenigstens so sah, wenn sie schon nicht nach England kommen wollte.

»Wo sollte ich sonst sein?«, nahm sie das Gespräch wieder auf und zerstörte direkt jegliche Hoffnung, die in ihrer Mutter hätte aufkeimen können. »Hier liegen einige Pakete, die ich bis morgen fertig haben muss, damit ich sie Moritz vorbeibringen kann.«

Nun seufzte ihre Mutter am anderen Ende der Leitung. »Warum packst du für diese Kinder immer noch Geschenke? Sie sind nicht Ally. Das Geld könntest du wirklich sinnvoller einsetzen. Kauf dir ein Ticket nach Hause und verbringe Weihnachten mit uns. Wir sind deine Familie. Meinst du nicht, du solltest wenigstens einmal im Jahr nach England kommen, um uns zu sehen. Wer weiß, wie lange das möglich sein wird?«

Ein festes Band schlang sich um ihr Herz und begann sich zuzuziehen. »Warum? Ist was mit Dad? Geht es dir nicht gut?«

»Ach, du würdest kommen, wenn wir krank wären?« Ihre Mutter schnaubte und Susan wusste, dass sie mit ihren Worten einen Fehler gemacht hatte. »Das Leben dauert nicht ewig, Sue. Gerade du solltest es doch am besten wissen.«

Tief in ihrem Herzen liebte sie ihre Eltern. Ebenso ihren Bruder. Und natürlich hatte ihre Mutter recht. Wenn jemand von den sonderbaren Wegen wusste, die das Leben gerne ging, und von der Kostbarkeit der Zeit, weil sie manchmal schneller vorüber war, als man es sich wünschte, dann war es sie. Dennoch brachte sie es nicht über sich, an Weihnachten zu ihren Eltern zu fahren. Sie hätte sie gerne gesehen, schließlich war der letzte Besuch schon zu lange her. Trotzdem konnte sie die Feiertage nicht bei ihnen verbringen.

»Mom...«, setzte Susan an, doch ihre Mutter schien nicht darauf bedacht zu sein, von ihr überhaupt ein Argument zu hören.

»Ich verstehe dich nicht. Weihnachten ist das Fest der Familie. Alle kommen her. Dein Bruder, Onkel Sam, Tante Charlene, dein Vater, ich. Vielleicht bringen deine Tante und dein Onkel dieses Jahr Stephany mit.«

Als würde die Anwesenheit ihrer Cousine, die ganze zehn Jahre jünger war als sie, Susan davon überzeugen können, nach Hause zu fahren. Es lag nicht an ihrer Familie. Es lag auch nicht an ihrem Onkel und ihrer Tante. Es lag einzig und allein an der Tatsache, wie ihre Mutter dieses Weihnachten feiern wollte.

Es würde einen geschmückten Baum geben, Festessen, fröhliche Weihnachtsmusik, ihr Bruder würde sich zum Affen machen und wie jedes Jahr seit seinem vierten Geburtstag ein Gedicht aufsagen. Sie waren in den letzten Jahren immer besser geworden, trotzdem konnte sich Susan nicht zu ihrer Familie setzen und dabei zusehen, wie sie alle so taten, als wäre der Platz neben ihr nicht leer. Im ersten halben Jahr hatte ihre Mutter noch oft angerufen und sich danach erkundigt, wie es ihr ging, seit Ally nicht mehr bei ihr war. Am nächsten Weihnachten begannen die Sätze, die etwas in Susan zerstört hatten. Den Teil, der sich auf Weihnachten bei ihrer Familie freute, weil sie angenommen hatte, wenigstens hier Verständnis zu finden. Der Rest der Welt schien nicht zu verstehen, was in ihr vorging, wenn sie andere Mütter mit ihren Kindern spielen sah oder auf einer Straße meinte, Ally zu entdecken, nur weil bei einem Mädchen von hinten der gleiche Zopf zu erkennen war, den sie ihrer Tochter immer geflochten hatte. Das war in Ordnung, doch als ihre Familie ihr Verständnis nun ebenfalls entzog, zerbrach sie innerlich.

Sie wollte sich an Weihnachten nicht hinsetzen und von dem gefüllten Truthahn ihrer Mutter probieren, sie wollte nicht ihrer Tante in die Augen sehen, die sich nur dafür zu interessieren schien, ob Susan jemanden kennengelernt hatte. Sie wollte ihrem Vater und ihrem Bruder nicht vormachen, dass in ihrem Leben alles in Ordnung war. Nur weil ihre eigene Mutter – ebenso wie wahrscheinlich auch der Rest der Familie, denn schließlich hatte damals niemand ihr Einhalt geboten – nicht damit klarkam, dass Susan den Tod ihrer eigenen Tochter nicht so einfach hinter sich lassen konnte, würde sie beim ‚Heile-Welt-Spielen' nicht mitmachen.

Ihre Vorstellung von einem guten Weihnachten ging in eine ganz andere Richtung. Sie wollte einfach nur allein sein, sich nicht verstellen müssen. Vor allem aber wollte sie niemandem den Spaß am Fest verderben. Und das würde sie ohne ihre Maske.

Ihr Blick schweifte zum Schrank neben dem Fernseher, auf dem das Bild den Rest des Jahres stand. Ally grinste in die Kamera und zeigte dabei stolz ihre erste Zahnlücke. Das braune Haar war zu einem Zopf geflochten, der ihr über die Schulter nach vorne fiel. Auch wenn Susan damals drauf und dran gewesen war, dem kleinen Sonnenschein das Haar abzuschneiden, weil sie nach jedem Baden einen Aufstand machte, da sie das Frisieren nicht ausstehen konnte, war sie heute doch froh, ihrer Tochter die langen Haare niemals weggenommen zu haben. Diese waren früh genug der Chemotherapie zum Opfer gefallen.

Um das Foto klebten einige bunte Federn. Den Bilderrahmen hatte in der Klinik für sie gebastelt und ihr zu Weihnachten geschenkt. Das letzte Geschenk, das sie von Ally in deren Leben erhalten hatte.

»Bist du überhaupt noch da?«, drang da aus dem Hörer leise eine Stimme. Susan versuchte sich, an das zu erinnern, was ihre Mutter gesagt hatte, bevor sie mit ihren Gedanken abgeschweift war.

»Ja, Mom, sorry«, warf sie stotternd ein, da es ihr beim

besten Willen nicht mehr einfallen wollte. Doch statt ihre Worte zu wiederholen, seufzte ihre Mutter traurig auf.

»Kannst du wenigstens nach Weihnachten für ein paar Tage vorbeikommen? Dein Vater und ich würden dich wirklich gerne mal sehen.«

»Ich werde sehen, was ich einrichten kann.« Bedacht wählte sie diese vage Formulierung, um ihrer Mutter keine Hoffnung zu machen, die sie am Ende dann doch enttäuschen würde.

»Gut. Ich melde mich an Weihnachten dann aber.«

»In Ordnung.« Diesen Wunsch konnte sie ihr nicht abschlagen. Und es würde sie nicht umbringen, wenn sie ein paar Worte am Weihnachtsmorgen mit ihr wechselte. »Ich hab euch lieb, Mom.«

»Wir dich auch«, kam es matt vom anderen Ende. Susan wusste, dass sie ihre Eltern ein weiteres Mal enttäuscht hatte.

\*\*\*

Susan hatte sich gerade erst abgeschnallt, als die Tür von ihrem Auto geöffnet wurde und ihr bester Freund diese weit aufhielt, damit sie aussteigen konnte.

»Da ist ja mein liebster Weihnachtsengel«, begrüßte er sie und zog sie in eine feste Umarmung, bei der er einen Kuss auf ihre Wange drückte. Susan gönnte es sich, einen Moment in seinen Armen zu liegen, bevor sie sich losmachte und ihn gespielt streng ansah.

»Der Weihnachtsengel sollte von einer Agentur kommen. Du hast dich doch hoffentlich darum gekümmert? Ich bin nur der Geschenkelieferant.« Wie oft hatte sie Moritz schon daran erinnern müssen, dass Frauen, die an Weihnachten Zeit hatten, um einen Engel zu spielen, nicht vom Himmel fielen.

»Schon vor zwei Wochen. Alles erledigt, du musst dir

keine Gedanken machen. Und nun komm, lass uns die Päckchen nach oben tragen.« Er schlenderte in seinem weißen Arztkittel zu ihrem Kofferraum und öffnete ihn. Fassungslos starrte er hinein, bevor er sich an Susan wandte. »Konntest du überhaupt etwas sehen, als du hergefahren bist?«

Sie zuckte nur mit den Schultern und lief an ihm vorbei, um die ersten Pakte auf seinem Arm zu einem Turm zu stapeln. »Angehalten wurde ich zumindest nicht.«

»Dein Glück. Die Polizei hätte dich mit Sicherheit samt allen Paketen mitgenommen.«

Susan legte den Kopf schief und hob leicht die Augenbrauen. »Ich hätte sie mit meinem Charme bezirzt, damit sie mich hierher eskortieren. Keine Sorge, dein Weihnachtsfest wäre schon nicht ins Wasser gefallen.«

»Es ist dein Weihnachtsfest«, gab er leise zurück und ermöglichte es Susan, so zu tun, als hätte sie diese Worte gar nicht mitbekommen.

Sie wollte sich schon zwei Päckchen unter den Arm klemmen, als sie von ihrem Auto zu ihm herübersah. »Können wir es hier stehen lassen?« Sie hatte direkt in der Auffahrt vor dem Haupteingang der Klinik geparkt. Vielleicht würde dieser Bereich für einen Notfall gebraucht und ihr Geschenketransport wäre im Weg.

»Nimm mal schnell mein Telefon und wähl die 41.« Er deutete mit einem Kopfnicken auf seine rechte Seite, wo sie in einer Tasche des weißen Mantels das Telefon fand. Sie drückte die Tasten und lauschte dem Piepen, das dabei entstand, bevor sie den grünen Hörer betätigte und es Moritz an sein Ohr hielt. Während sie darauf wartete, dass jemand am anderen Ende der Leitung abnahm, hatte sie die Zeit, ihn zu beobachten. Die Pakete reichten ihm fast bis an seine blauen Augen. Er konnte gerade so über den Stapel schauen, während sie gegen seine Wange lehnten, die ein leichter Bartschatten zierte. Die schwarzen Haare trug er immer kurz. Manchmal frage sie sich, wie er wohl aussehen würde, wenn sie etwas länger wären und ihm leicht in die Stirn fielen. Aber er bestand darauf, dass es so praktischer war, da er sich nicht erst Gedanken darum machen musste, ob seine Haare aussahen wie ein Vogelnest, wenn er zu einem Notfall gerufen wurde.

»Helena, kannst du mal zwei von den Jungs runterschicken? Sue hat es dieses Jahr mal wieder mit den Geschenken übertrieben und wir könnten Hilfe beim Tragen gebrauchen, damit sie das Auto nicht offen hier stehen lassen muss.«

Daran hatte sie bisher gar nicht gedacht. Vielleicht war sie zu gutgläubig, weil sie annahm, dass niemand Geschenke aus einem Auto direkt vor einer Klinik stehlen würde, aber Moritz wusste mit Sicherheit besser, was möglich war und was nicht. Also warteten sie auf die Verstärkung, die ihnen einen weiteren Teil abnahm, bis nur noch zwei Geschenke im Kofferraum ihres blauen Kleinwagens lagen.

»Ich fahre ihn kurz weg und komme dann nach«, setzte Susan an, doch Moritz schüttelte nur seinen Kopf.

»Lass ihn stehen, es dauert ja nicht lange.«

Unsicher sah sie zu ihm, doch als er auffordernd mit dem Kopf in Richtung Tür nickte, klemmte sie sich die beiden Pakete unter den Arm und verschloss ihr Auto.

Anschließend folgte sie mit Moritz den beiden Pflegern durch die Glastüren in das Innere der Klinik. Die Wände waren gelb gestrichen, wahrscheinlich weil doch irgendwann jemand auf die glorreiche Idee gekommen war, die Patienten nicht mit dem ewig sterilen Weiß zu erschlagen, wenn sie schon sonst auf so viel verzichten mussten. Moritz plauderte mit den beiden Männern, während sie auf den Aufzug warteten, doch Susan hörte den Gesprächen gar nicht richtig zu. Die zwei waren eingestellt worden, nachdem Ally hier lag und Susan kannte sie nicht. Doch wie sie Moritz und Schwester Helena einschätzte, wusste jeder auf der Station, wer sie war. Denn die beiden hatten es sich in keinem Jahr nehmen lassen, allen, die an dem Fest teilnahmen, zu erklären, wer die noble Spenderin war. Einige Eltern hatten ihr anschließend Briefe geschrieben, die Moritz ihr mit einem breiten Lächeln überreicht hatte, in denen sie ihre Dankbarkeit für die Überraschung aussprachen. Mit einem wütenden Funkeln in den Augen war sie anschließend zu Schwester Helena gestapft und hatte sie gebeten, solche Informationen in Zukunft nicht mehr herauszugeben. Doch die Frau ließ sich ebenso wenig davon abhalten, wie ihr bester Freund. Die beiden waren der Meinung, dass man es nicht zu verheimlichen brauchte. Schließlich sei es überaus großzügig von ihr.

Die Türen des Aufzugs öffneten sich und sie traten alle nacheinander ein. Das helle Licht im Inneren ließ Susan kurz die Augen schließen. Wie immer fiel es ihr schwer, an diesen Ort zurückzukehren. Mit einem mitfühlenden Ausdruck ruhten Moritz Augen auf ihr, als sie zu ihm herübersah. Schnell setzte sie ein Lächeln auf. Sie wollte ihn nicht beunruhigen. Seit vier Jahren war er nun ihr bester Freund und immer für sie da, musste sich um sie jedoch nicht mehr Sorgen als nötig machen. Auch die Pfleger musterten sie verstohlen hinter ihren Paketen. Wahrscheinlich waren es nur Sekunden, bis sich der eine von beiden räusperte, doch Susan kam es wie eine Ewigkeit vor.

»Es ist toll, was sie machen.«

Sie verdrehte die Augen und sah Moritz kurz strafend an. »Du hast also wieder geplappert.« Doch der schüttelte nur lachend den Kopf.

»Nach dem, was du mir letztes Weihnachten an den Kopf geschmissen hast, halte ich lieber meinen Mund.« Erstaunt sah sie von ihm zu den beiden Pflegern herüber.

»Helena?«

Ein verlegenes Lächeln erschien auf dem Gesicht des Pflegers. »Eigentlich redet seit Tagen die gesamte Station darüber.«

»Helena«, gaben Moritz und Susan wie aus einem Mund zurück. Während Susan genervt an die Aufzugdecke starrte, musste Moritz lachen.

»Sie scheint gegen deine Predigten der Anonymität immun zu sein.«

»Wenn sie so weiter macht, werde ich die Pakete nächstes Mal per Post schicken und nicht mehr persönlich vorbeibringen«, grummelte Susan, doch sie setzte anschließend wieder ein Lächeln auf, denn die Pfleger konnten nichts dafür, dass Helena es für ihre Aufgabe hielt, Susans Großzügigkeit unter die Leute zu bringen. Daher wandte sie sich wesentlich freundlicher an die beiden: »Ich mache es gerne. Die Kinder wollen nicht hier sein. Wenn es sich an Weihnachten nicht vermeiden lässt, dann sollen sie es wenigstens so schön wie möglich haben. Und kein Kind beschwert sich über ein zusätzliches Geschenk.«

Die Türen des Fahrstuhls öffneten sich und entließen die Pfleger in die Freiheit, ohne etwas auf Susans Ausführungen antworten zu müssen. Schnell eilten sie den Flur entlang in Richtung Schwesternzimmer. Susan jedoch sah zu den breiten Stühlen, die aneinandergereiht eine Art Sofa in einer der Ecken bildeten. Erinnerungen an eine der schlimmsten Stunden ihres Lebens wurden wach.

Es war genau hier gewesen, wo sie Moritz kennengelernt hatte. Richtig kennengelernt, in einer ihrer schwersten Stunden. Natürlich kannte sie Allys behandelnden Arzt schon vorher, aber an diesem Tag hatte Moritz ihr eröffnet, dass es für Ally keine Chance mehr gab. Dass sie ihre Kleine nur noch bis zu ihrem Ende begleiten konnten, wenn Susan sich nicht vorher entscheiden würde, sie zu sich nach Hause zu holen. Lächelnd hatte sie sich bei ihm für seine Mühe bedankt und anschließend den Flur verlassen. Doch sie war nicht in Allys Zimmer verschwunden, sondern in Richtung der Aufzüge gegangen und auf die Sitzgelegenheiten gesunken, um einen Moment alleine zu sein. Sie wusste heute selbst nicht mehr, wie lange dort gelegen hatte, weil sie dort heulend zusammengebrochen war, bis Moritz sie fand. Sie verloren heute kein Wort darüber. Aber er war es gewesen, der sie aufgerichtet hatte. Statt ihr ein Medikament zu spritzen, welches sie beruhigte, hatte er auf Station angerufen und mitgeteilt, dass er Pause machen würde und in dreißig Minuten wieder da sei. Dann war er gemeinsam mit ihr in die Cafeteria gegangen, hatte ihr etwas zu trinken besorgt und einfach nur bei ihr gesessen, ohne ein Wort zu sagen. Das war der Anfang ihrer Freundschaft. Immer öfter hatte er anschließend nach ihr gesehen, sich nach ihr erkundigt. Und sich sogar frecherweise aus den Akten ihre Handynummer gestohlen, um abends mit ihr zu telefonieren, wenn sie mal nicht bei Ally in der Klinik übernachtete, um wenigstens eine Nacht durchschlafen zu können.

Moritz hingegen blieb auch jetzt an ihrer Seite und beugte sich etwas zu ihr, während seine Worte sie ins Hier und Jetzt zurückholten. »Nimm es ihr nicht übel. Helena hat dich einfach in ihr Herz geschlossen.«

Susan ließ ihre Schultern mit einem Seufzen fallen. »Ich mag sie ja auch. Hierbei geht es aber nicht um mich, sondern nur um die Kinder geht?«

Moritz zuckte mit den Schultern, was die Geschenke auf seinem Arm beträchtlich zum Wanken brauchte. »Wenn du vielleicht dieses Weihnachten dabei bist? Dann hat sie nicht mehr das Gefühl, dass jemand glauben könnte, die Klinik würde das organisieren. Und du könntest die Gesichter der Kinder selbst sehen.« Er sah ihr tief in die Augen. »Komm, Sue, sag ja, feiere dieses Weihnachten mit uns.«

# 3. Kapitel

Susans Magen verwandelte sich von einer auf die andere Sekunde in ein tiefes dunkles Loch, das an ihrem gesamten Körper zog. Fassungslos starrte sie in Moritz Gesicht und suchte nach dem Schalk, den sie dort so oft fand. Doch nichts, was sie sah, zeigte, dass es nur ein Scherz gewesen war. Seine Augen hielten ihren Blick fest, ernst und bittend. Ihr Hals zog sich jede Sekunde weiter zu und sie versuchte, gegen den dicken Kloß anzuschlucken. Leicht schüttelte sie den Kopf, bevor sie ihm mit krächzender Stimme antwortete: »Ich kann nicht.«

»Aber...«, setze Moritz an, doch Susan ließ ihn nicht aussprechen.

»Es geht nicht. Lass es bitte sein.«

Ihr bester Freund nickte und wandte sich von ihr ab. Stumm sah sie ihm hinterher, wie er den Flur hinunterging und im Schwesternzimmer verschwand, bevor sie ihm mit wackeligen Knien folgte. Jeder auf der Station würde sich freuen, wenn sie Weihnachten mit dabei wäre, aber sie gehörte hier nicht hin. Nicht mehr. Ally war fort und Susan hatte Angst, es nicht ertragen zu können, in die Gesichter der anderen Kinder zu sehen, mit dem Wissen, dass einige von ihnen das nächste Weihnachten nicht mehr erleben würden.

»Susan.« Helenas Stimme holte sie zurück ins Hier und Jetzt, als sie das Schwesternzimmer betrat. Sofort nahm ihr die kleine, grauhaarige Frau die Geschenke aus dem Arm, um sie Moritz in die Hand zu drücken, der hinter ihr vor einem Stapel Päckchen stand, zu denen er seine eigenen gestellt hatte. Dann wurde sie von den starken Armen der Frau in eine Umarmung gezogen. Immer, wenn sie Helena sah, fragte sie sich, ob diese ein extra Training absolvierte, denn die meisten Kinder hier auf der Station waren noch so klein und nicht schwer genug, um für die Kraft der Frau verantwortlich zu sein. Sie wollte ihr nicht zu nahetreten und sie vor allem nicht zu nahe an sich selbst heranlassen, daher vermied sie jede persönliche Frage, wenn sie Helena sah. Auch jetzt befreite sie sich, so schnell es ging, ohne unhöflich zu sein, aus der Umarmung.

»Du siehst gut aus.« Anerkennend ließ Helena ihren Blick über ihre Gestalt wandern, während Moritz einen Arm um die Schultern seiner stationsleitenden Schwester legte.

»Warum sollte sie nicht gut aussehen? Schließlich achtet ihr persönlicher Arzt darauf, dass sie immer genug zu essen bekommt.«

Susan musste an sich halten, um nicht loszuprusten. »Er kennt fast jede Nummer von den Restaurants in der Nähe der Arbeit bis zu meiner Wohnung auswendig.« Sie beugte sich ein Stück näher zu Helena und raunte ihr etwas leiser zu. »Wenn er dich mal einlädt und für dich kochen will, schlag es aus.«

Diese sah amüsiert zwischen Susan und Moritz hin und her. »Warum wohnt ihr beiden eigentlich noch nicht zusammen?«

Susan Augen öffneten sich weit, als sie Helena entgeistert ansah. »Warum sollten wir zusammenziehen?«

Moritz lachte schelmisch. »Weil sie Angst davor hat, dass nicht nur meine Kochkünste schlecht sind.«

Nun klappte Susans Mund auf und sie sah zu ihrem besten Freund herüber. Am liebsten würde sie ihn auf den Oberarm schlagen oder in den Bauch boxen, doch sie hatte Angst, dabei Helena zu treffen, die sich keinen Zentimeter wegbewegt hatte und halb vor Moritz stand. Wie konnte er auf eine solche Frage mit einem Scherz reagieren. Was würde die Schwester jetzt von ihnen denken? Ja, sie verbrachten viel Zeit miteinander. Er war ungebunden und hatte es neben der Arbeit nicht leicht, neue Freundschaften zu knüpfen. Da er in der Gegend weder aufgewachsen war noch hier studiert hatte, kannte er außer seinen Arbeitskollegen wenige Menschen. Also war er nach Allys Tod immer öfter nach der Arbeit bei ihr aufgetaucht, da er wusste, dass sie sowieso nicht viel schlief und oft nachts wach lag. Weil sie es einfach nicht in das Land der Träume schaffte, ohne von ihren eigenen Gefühlen vorher zerfressen zu werden. Da sie sich standhaft weigerte, Medikamente zu nehmen, kam er mit Essen vorbei. Sie unterhielten sich, tranken gelegentlich ein Glas Wein zusammen und dann blieb er so lange, bis sie auf dem Sofa in einen leichten Schlummer abdriftete. Morgens, wenn sie aufwachte, lag sei meist in ihrem Bett. Er war jedoch niemals anwesend. Sie waren kein Paar, das einfach nicht darüber gesprochen hatte, sich eine Wohnung zu teilen. Nein, sie waren gute Freunde. Eine Art Wohngemeinschaft mit ihm zu gründen, konnte sich Susan überhaupt nicht vorstellen. Das war geradezu absurd. Vor allen Dingen müsste sie dafür Allys Zimmer ausräumen und dazu fühlte sie sich nicht in der Lage.

Moritz schien zu bemerken, dass sie ihn mit ihren Blicken erdolchte, denn das Grinsen auf seinem Gesicht wurde nur breiter, während Susan hastig versuchte, die Situation einigermaßen zu retten.

»Wir... also wir sind nicht...« Oh Gott, rettete sie wirklich etwas oder machte sie mit ihrem Gestammel gerade alles nur schlimmer. Helena musterte sie interessiert und Susan seufzte. »Wir sind kein Paar. Wir sind wirklich nur Freunde.«

Auch wenn Susan erwartet hätte, dass die ältere Frau sich verlegen entschuldigen oder zumindest leicht geknickt aussehen würde, weil sie von vollkommen falschen Tatsachen ausgegangen war, traf nichts davon ein. Helenas Grinsen wurde nur breiter, während sie sich ein paar Akten schnappte und das Zimmer verließ.

»Noch nicht«, hörte Susan sie vor sich hinmurmeln und wollte ihr schon hinterher und bekräftigen, wie falsch sie damit lag, als Moritz einen Schritt auf sie zumachte und nach ihrer Hand griff.

»Willst du dir wenigstens anschauen, wo wir den Kindern die Geschenke überreichen werden?«

Susan schüttelte den Kopf. »Sei mir nicht böse, aber es ist wirklich euer Fest. Die Kinder werden sich freuen, das ist alles, was zählt.« Als er sie zweifelnd ansah, fügte sie schnell hinzu: »Außerdem steht mein Auto unten vor dem Eingang. Wenn ein dringender Notfall hierher will, bin ich nur im Weg.«

Seine Finger streichelten ihr Handgelenk kurz, bevor er sie losließ. »Okay. Wir sehen uns dann heute Abend. Lust auf etwas Bestimmtes?«

Sie gab ihm einen Abschiedskuss auf die Wange. »Bring Chinesisch mit.«

***

»Ich wusste nicht, was du wolltest, also habe ich Nudeln mitgebracht und Ente«, tönte Moritz' Stimme aus dem Flur und riss Susan aus einem leichten Schlaf. Sie rieb sich die Augen, während sie sich auf dem Sofa aufsetzte. Nachdem sie ihre Wohnung aufgeräumt und alle Spuren der Geschenkpackaktion beseitigt hatte, war sie erschöpft auf ihr Sofa gefallen, um sich für ein paar Minuten hinzulegen. Dabei musste sie eingeschlafen sein.

»Hab ich dich geweckt?« Moritz' Blick glitt zu der leichten Decke, die sie immer auf ihrem Sofa liegen hatte, um sich beim Filmeschauen einzukuscheln oder wenn sie das Bedürfnis verspürte, sich von allem abzuschotten. Sie war um ihre Beine gewickelt, sodass es fast aussah, als würde sich ein Schmetterling aus seinem Kokon zwängen.

»Nicht schlimm. Ich wollte gar nicht schlafen. Ich...«

Moritz stellte die Tüte auf dem Tisch vor ihr ab und strich ihr sanft über die Wange. »Es ist doch gut, wenn du geschlafen hast. So war die Zeit wenigstens nicht so lang, bis ich dich endlich aus deiner Einsamkeit erlöse.«

Susan musste lachen. »Oh ja, was würde ich nur tun, wenn du nicht nach deinen Schichten bei mir vorbeischaust. Ich würde vor Einsamkeit gerade sterben.« Sie öffnete den Mund und hielt sich gespielt schockiert die Hand davor. »Was tue ich eigentlich an den Tagen, an denen du nicht hier bist? Wir sollten dringend darüber reden, wie ich deine Vierundzwanzigstundenschichten überlebe. Oder vielleicht sollten wir gleich Helenas Vorschlag annehmen und dich bei mir einziehen lassen.«

Ein amüsiertes Funkeln lag in seinen Augen. »Vielleicht wäre das gar keine so schlechte Idee.«

Susan schüttelte lächelnd den Kopf. »Alberner Vogel. Eigentlich müsste ich dir sowieso noch sauer sein. Wie konntest du Helena nur in dem Glauben bestärken, dass zwischen uns mehr ist.«

Moritz zuckte mit den Schultern und lief zu ihrer Küchenzeile hinüber, sodass sie ihm nicht mehr ins Gesicht sehen konnte. »Gerüchte gibt es immer. Umso mehr du sie

.

versuchst richtig zu stellen, umso mehr fühlen sich diejenigen, die sie streuen, bestätigt.«

»Willst du nicht, dass deine Arbeitskollegen die Wahrheit kennen?« Zweifelnd sah sie zu ihm herüber, der extrem lange in der Schublade nach Gabeln kramte, bis er sich endlich umdrehte und gegen die Küchenzeile lehnte.

»Ich verstehe mich gut mit ihnen, Sue, doch das sind nicht meine Freunde. Bei Freunden wäre es mir vielleicht wichtig, aber sollen sie auf der Arbeit doch denken, was sie wollen.«

»Ich meine ja nur, was ist, wenn du mal jemanden kennenlernst? Dann willst du sie doch bestimmt deinen Kollegen vorstellen auf irgendwelchen Firmenfeiern oder sowas.«

Moritz stieß sich von der Küchenzeile ab und hielt ihr eine Gabel hin. »Dann werden sie früh genug sehen, dass ich eine andere Freundin habe. Glaub mir, so schnell wird das nicht passieren.« Er deutete auf die Tüte. »Also? Nudeln oder Ente?«

»Wenn es dir egal ist, nehme ich heute lieber die Nudeln.« Sie schälte sich endgültig aus der Decke und ließ sie auf den Boden fallen, um ein Stück zur Seite zu rutschen und Moritz neben sich Platz zu machen.

»Kein Thema.« Er reichte ihr einen der weißen Essenkartons, bevor er sich den anderen schnappte und sich neben sie auf das Sofa setze. Zu gerne hätte Susan das Thema wieder aufgenommen, aber sie merkte sowohl an seiner Haltung als auch an seinem Gesichtsausdruck, dass er anscheinend alles gesagt hatte, was es für ihn dazu zu sagen gab. Und wenn sie ehrlich war, ging es sie nichts an, wie er mit Gerüchten in der Klinik umging. Sie kam alle paar Monate mal dort vorbei und musste nicht ständig mit den Menschen dort zusammenarbeiten. Nein, es war ganz alleine seine Sache. Also zeigte sie auf den schwarzen Bildschirm.

»Film?« Eigentlich hatte sie selbst gar keine richtige Lust, jetzt in die Flimmerkiste zu starren, jedoch war ihr die Stille, die sich zwischen ihnen breit machte, ebenso unangenehm und sie wusste in diesem Moment nicht, wie sie die Situation auflockern konnte.

Moritz schien es, zumindest was den Wunsch nach einem Film anbelangte, ähnlich zu gehen, denn er verzog nur kurz das Gesicht. »Wollen wir nicht lieber einfach Musik anmachen? Ich glaube, ich kann mich heute nicht mehr auf irgendeine Story konzentrieren.«

»Anstrengende Schicht?«, fragte sie sofort besorgt nach, stellte ihr Essen auf den Tisch, um zu ihrem Schrank zu gehen und das Radio einzuschalten, aus dem sofort ein Weihnachtslied ertönte. Aber was hatte sie so kurz vor Weihnachten erwartet. Die Radiostationen schienen kaum andere Lieder zu kennen. Gerade als *Mariah Carey* anfing, mit fröhlicher Stimme *All I want for Christmas is you* zu trällern, war sie kurz davor, das Ding wieder auszustellen und die Stille zu ertragen, als hinter ihr Moritz begann das Lied mitzusingen. Erstaunt drehte sie sich zu ihm um, noch nie hatte sie ihn singen hören. Seine warme Stimme passte so gut zu diesem Lied, dass sie am liebsten Mariahs Stimme ausgeblendet hätte, um nur seine zu hören.

Mit leicht geöffneten Lippen lauschte sie seinem Gesang, während er sie nicht aus den Augen ließ. Erst als das Lied endete und der nächste Weihnachtssong begann, war Susan in der Lage, etwas zu sagen. »Du kannst singen? Warum hast du nie etwas davon erzählt?«, fragte sie beinahe ehrfürchtig.

Moritz verzog sein Gesicht und lachte rau auf. »Weil es sich wie ein absolut billiger Anmachspruch anhört. Hey, Babe, weißt du eigentlich schon, dass ich ein begnadeter Sänger bin? Ich kann dir gerne mal abends ein Liedchen trällern.«

Susan musste losprusten und konnte gar nicht mehr anders, als das Radio anzulassen. Wer wusste, bei welchem

Lied es ihn überkam, einfach wieder mitzusingen. »Es gibt bestimmt Frauen, die stehen auf solche Sprüche. Hast du sie schon einmal getestet?«

Moritz schob sich ein weiteres Stück Ente in den Mund, während er sie musterte. Fragend hob sie eine Augenbraue, was ihn aufseufzen ließ. »Mir ist bisher keine Frau begegnet, bei der ich hätte testen wollen, ob solche Anmachsprüche ziehen.«

Susan lehnte sich gegen seinen Arm und sah in seine Richtung. »Dabei ist es eigentlich eine absolute Verschwendung, dass du niemanden hast.«

Ein Finger strich über ihre Wange, während er verschmitzt lächelte. »Ich habe doch dich. Findest du das ist eine Verschwendung?«

## 4. Kapitel

Ihre Haut unter seinen Fingern begann zu kribbeln und Susan war versucht – für einen winzigen kleinen Moment – sich dagegen zu schmiegen und zu sehen, wohin es führte. Doch dann blickte sie auf Allys Bild im Regal und zog sich ein Stück zurück. Die Enttäuschung, die kurz in seinen Augen aufflackerte, bevor er sich selbst unter Kontrolle brachte, ignorierte sie, ebenso wie ihren Magen, der immer mehr zu schmerzen begann. Eigentlich hätte sie wieder zu ihren Nudeln greifen sollen, doch der Appetit war ihr schlagartig vergangen. Ally war nicht mehr hier. Sie war ihr ganzes Glück gewesen. Der Mensch, den sie immer bei sich haben wollte. Ohne den sie nicht glücklich sein konnte, nicht glücklich sein durfte.

Sie schob die Schachtel zu ihm. »Hier, du Charmeur, wenn du noch Hunger hast. Irgendwie bekomme ich heute nichts hinunter. Schon den ganzen Tag nicht.« Gelogen. Aber sie wollte nicht, dass er ihren plötzlichen Stimmungsumschwung auf sich bezog. Sie brauchte ein paar Sekunden, bis die Maske intakt war und sie sich soweit gesammelt hatte, dass ihr Schmerz und die Schuldgefühle verstaut waren und nicht mehr an die Oberfläche dringen konnten. Susan lehnte sich auf dem Sofa zurück und schloss für einen Moment ihre Augen.

»Hat deine Mutter angerufen?«, fragte er mit besorgter Stimme. Wie gerne würde sie einfach ja sagen und ihre Appetitlosigkeit darauf schieben. Schließlich hatte sie ihm einmal gestanden, wie sehr ihr die Gespräche mit ihrer Mutter zusetzten, aber sie war nicht so weit gegangen, ihm den Grund dafür zu nennen. Moritz war der einzige Mensch, bei dem sie zumindest das Gefühl hatte, die Maske ab und zu ablegen zu können. Und sie hätte es nicht ertragen, nach ihrem Geständnis Mitleid in seinen Augen zu sehen. Denn dann wäre sie auch bei ihm nicht mehr so frei, wie sie es jetzt noch war. Bei ihm konnte sie sich manchmal gehen und die Trauer aus ihrem Gefängnis lassen, mit ihm über Ally sprechen, wenn das Bedürfnis zu groß wurde.

Dennoch fühlte es sich falsch an, überhaupt nur zu überlegen, ihn anzulügen. »Nein, das war gestern.«

»Lass mich raten. Deine Weihnachtspläne?«

»Das auch, aber eher, wann ich mich überhaupt mal blicken lasse.« Susan öffnete die Augen und sah traurig zu Allys Bild. »Ich weiß nicht, ob ich wirklich zu ihnen fliegen will. Ich möchte sie nicht verletzten.«

»Wenn du willst, nehme ich mir ein paar Tage frei und wir reisen zusammen nach England. Ein bisschen Urlaub kann dir nicht schaden, dann kannst du sie einen Tag besuchen und die restliche Zeit zeigst du mir einfach das Land, in dem du aufgewachsen bist. Wie wäre es?«

»Du bekommst so schnell doch gar keinen Urlaub«, warf sie ein. Doch die Zweifel lagen nicht nur in der berechtigten Tatsache begründet, dass er als alleinstehender Arzt zwischen Weihnachten und Silvester nicht einfach verschwinden konnte. Nein, sie war sich ebenso unsicher, ob es eine gute Idee wäre, gemeinsam Urlaub zu machen. »Ich glaube, ich fahre nach Allys Todestag für ein paar Tage zu ihnen.«

»Also bleibst du an Weihnachten hier zu Hause?«

»Ja, ich werde mir ein paar Kerzen anzünden, etwas kochen und dann einen schönen Film schauen.«

Nun stellte auch Moritz sein Essen auf den Tisch und drehte sich zu ihr, damit er sie besser ansehen konnte. »Und du willst wirklich nicht zu uns in die Klinik kommen? Es würden sich alle freuen.«

»Moritz, bitte ...« Ihre Stimme brach schon alleine bei dem Gedanken. Sie konnte nicht verstehen, warum er dieses Jahr so hartnäckig blieb. Die letzten Jahre hatte er verstanden, dass sie nicht in der Lage war, überhaupt zu feiern.

»Dann lass mich abends nach der Schicht bei dir vorbeikommen. Niemand sollte an Weihnachten einsam sein.«

»Wolltest du nicht zu deinen Eltern fahren?«

»Ich kann am nächsten Morgen fahren. Ich glaube kaum, dass es meinen Eltern wichtig ist, ob ich mitten in der Nacht bei ihnen ankomme oder erst zum Frühstück.« Er griff nach Susans Hand und streichelte mit dem Daumen ihren Handrücken. »Komm Sue, lass mich nicht so zappeln. Der Gedanke, dass du Weihnachten alleine verbringst, gefällt mir nicht.«

Sie hatte keine Ahnung, wie sie ihn davon abhalten sollte, seinen Vorschlag in die Tat umzusetzen. Und tatsächlich war er der einzige Mensch, den sie an Weihnachten in ihrer Nähe ertragen würde. Konnte sie ihm deshalb zumuten, nach einer langen Schicht zu ihr zu kommen und den Besuch bei seinen Eltern zu verschieben? Was würden die davon halten? Wäre es ihnen wirklich egal, wann ihr Sohn zu Hause auftauchte? Schließlich war sein Verhältnis zu seinen Eltern nicht so verkorkst wie das ihre.

»Ich will dir nicht zur Last fallen«, brachte sie mühsam hervor.

Moritz zog beide Augenbrauen hoch und griff nach dem Kissen hinter sich. »Weißt du, du bist der größte Dummkopf, der mir je begegnet ist«, entgegnete er noch, bevor er ihr das Kissen auf den Kopf schlug.

Susan hob abwehrend die Hände, musste jedoch schmunzeln, als alles nichts half. Sie ließ sich rückwärts aufs Sofa fallen, was ihn nur dazu veranlasste, sie erneut zu attackieren.

»Erbarmen, ich gebe auf. Du darfst ja an Weihnachten kommen«, keuchte sie auf und musste das Lachen zurückhalten.

»Du darfst mich gerne bekochen, wenn du willst.« Er hob seine Tatwaffe nach oben und sah sie breit grinsend an, als sich eine Feder, die sich aus dem Kissen gelöst haben musste, langsam auf sie herabsenkte.

***

Susan kreiste mit den Schultern, bevor sie aufstand, um sich einen Kaffee zu holen. Die Arbeit auf ihrem Schreibtisch wollte sie heute fertigbekommen, damit der Stress die nächsten Tage nicht ganz so groß wurde. Zwei Tage musste sie noch arbeiten, bis sie endlich in den wohlverdienten Urlaub gehen konnte. Und wenn sie eins hasste, dann unerledigte Aufgaben auf ihrem Tisch liegen zu haben, wenn sie frei hatte. Sie mochte ihre Arbeit und sie war froh gewesen über das Verständnis, das ihre Chefs gehabt hatten, als sie für mehrere Monate ihren Vertrag auf Eis gelegt hatte, um Ally auf ihrem letzten Lebensabschnitt nicht allein zu lassen. Sie hatte ihre Tränen nicht zurückhalten können, als ihr Juniorchef das Kündigungsschreiben vor ihren eigenen Augen zerriss und meinte, es sei nun wichtiger, dass sie sich um ihre Tochter sorgte, als darüber, wie die Firma ohne sie auskommen könnte. Es würde eine Lösung geben, erst recht, wenn sie irgendwann zurückkommen wollte.

Nun arbeitete sie seit fast zwei Jahren wieder an ihrem alten Platz. In der ersten Zeit hatten vor allem ihre Kolleginnen Sarah und Fabienne viel aufgefangen, weil sie nicht direkt die gleiche Arbeit verrichten konnte wie vor Allys Tod. Allerdings hatte sich ihr Verhältnis zu Fabienne über die letzten Jahre merklich abgekühlt. Dabei war sie einmal eine gute Freundin gewesen.

Heute würde Susan sie nur noch als Kollegin bezeichnen. Dass sie zum Teil selbst daran schuld war, wollte sie gar nicht leugnen. Sie war einfach nicht mehr der fröhliche Mensch, der noch vor dem Unglück in ihr steckte. Und Fabienne sprühte nur so vor Energie. Als Ally klein gewesen war war, hatte sie mehr als einmal einen Babysitter organisiert, um mit Fabienne und Sarah um die Häuser zu ziehen. Einfach, um einmal eine Auszeit als Mutter zu bekommen. Doch mit der Diagnose von Allys Krankheit hatte sie damit aufgehört und auch nach ihrem Tod nicht mehr wieder angefangen. Die überfüllten Bars, der Alkohol, das Tanzen, die laute Musik, all das war nicht mehr ihrs gewesen. So sehr sie es sich in einsamen Stunden manchmal wünschte, so wenig konnte sie sich überwinden, wenn sie dann doch einmal hätte mitgehen können.

Als Susan an den Plätzen von Fabienne und Sarah auf dem Weg in die Kaffeeküche vorbeilief, entdeckte sie die leeren Stühle. Für einen kurzen Moment überlegte sie umzudrehen und sich später einen Kaffee zu holen, weil sie heute nicht zu Smalltalk aufgelegt war, als sie ihren eigenen Namen aus Fabiennes Mund hörte.

» ... du nicht, dass Susan wenigstens auf der Weihnachtsfeier hätte auftauchen können? Sie arbeitet genauso hier wie wir anderen.«

»Nicht so laut«, versuchte Sarah ihre Freundin davon abzuhalten, gleich das ganze Büro an ihrem Plausch teilhaben zu lassen. Doch diejenige, die es am wenigsten hätte hören sollen, war nun schon informiert und blieb sofort wie zu einer Salzsäule erstarrt stehen. Auch wenn es für sie besser gewesen wäre, auf ihren Platz zurückzukehren, konnte sich Susan nicht bewegen. Mit angehaltenem Atem lauschte sie.

»Weil alle hier ja eine ganz andere Meinung über das Thema haben.« Die Ironie triefte nur so aus Fabiennes Worten, wohingegen Sarah davon nicht ganz überzeugt zu sein schien.

»Sie hat ihr Kind verloren. Wenn sie nicht mehr mit uns feiern will, ist das doch ihre Sache. Was geht es uns an?« Ein paar Sekunden Stille, bevor Sarah seufzte und zugab: »Okay, wenigstens zu den Firmenfeiern könnte sie kommen. Aber sie sind nun mal keine Pflicht.«

»Trotzdem reißt sich hier in der Firma jeder den Arsch für sie auf. Wie oft haben wir etwas von ihr übernommen. Ist es da zu viel verlangt, wenigstens einen Abend mal mit uns gemütlich an einem Tisch zu sitzen und nicht wie die Eiskönigin persönlich hier reinzuschneien, um wie ein Schneesturm wieder zu verschwinden?«

Bevor noch fiesere Worte fallen konnten, setze sich Susan in Bewegung. Das Lächeln auf ihrem Gesicht war ebenso falsch, wie das, was augenblicklich bei den anderen beiden Frauen erschien. Wortlos ging sie zu einem der beigen Schränke und griff nach einer weißen Tasse, die sie unter die vollautomatische Kaffeemaschine stellte, auf die Taste für Cappuccino drückte und der Flüssigkeit dabei zusah, wie sie nach und nach in das helle Porzellan tropfte.

»Der Weihnachtsmarkt soll wirklich toll sein«, versuchte Sarah anscheinend zu retten, was nicht mehr zu retten war, und tat so, als hätte das Gespräch eben überhaupt nicht stattgefunden. Susan konnte sich nicht entscheiden, ob sie

Fabienne am liebsten ins Gesicht springen und ihr die Augen auskratzen wollte, oder ob sie es nicht müde war. Müde, sich über diese Gesellschaft aufzuregen, die einfach nicht akzeptieren konnte, dass sie weder krank noch geistesgestört war, nur weil sie ihre Tochter nicht so einfach vergessen wollte, wie es anscheinend von ihr erwartet wurde.

Sie brauchte keine Therapie, keine Tabletten und erst recht brauchte sie keine Ratschläge, wie sie mit dem Verlust ihrer Tochter umzugehen hatte. Erst recht nicht von Menschen, die nicht einmal wussten, was es hieß, das eigene Kind unter einem Haufen Erde zu begraben. Zu sehen, wie ein winzig kleiner Sarg von einem riesigen Erdloch verschluckt wurde. Die nicht wussten, wie es sich anfühlte, dort zu stehen, halb betäubt und doch nicht in der Lage die Beine zu benutzen, weil sie unter einem nachgaben. Und dabei doch nichts fühlte. Weil man sich selbst nur noch von oben betrachten konnte.

Alles was sie wollte, war Verständnis von einer Gesellschaft, die hoffentlich irgendwann akzeptieren würde, dass es zum verdammten Leben dazugehörte, zu trauern. Trauern zu dürfen. Es war etwas Natürliches, wenn Menschen von uns gingen. Welche, die wir liebten, welche, die uns gleichgültig waren. Und egal wann ein Mensch ging, jedes einzige Mal wurde ein Loch in unser Herz gerissen. Über manche Trauer kam man schneller hinweg und den Verlust manch eines Menschen würde man den Rest seines eigenen Lebens nicht überwinden können. Man konnte lernen, damit zu leben, aber in dieser Gesellschaft genügte das nicht. In dieser Gesellschaft musste man lächeln. Jeden. Einzelnen. Tag.

»Vielleicht sollten wir Mark und Philipp fragen, ob sie mitwollen?« Fabiennes Stimme klang ganz normal und freundlich, als wäre nichts gewesen, und hatte jeden gehässigen Unterton verloren, als sie sich mit ihrer simplen Frage an Sarah wandte.

»Klar. Willst du vielleicht ebenfalls mit, Susan?«

Erschrocken zuckte sie zusammen und drehte sich mit weit geöffneten Augen zu den beiden Frauen um. War das deren Ernst? Nach allem, was sie gesagt hatten? Ja, sie hatte die Weihnachtsfeier ausfallen lassen. Die Weihnachtszeit war für sie nicht einfach und sie wollte niemandem die Laune an einem fröhlichen Abend verderben, nur weil sie nicht so locker mit ihren Kollegen zusammensitzen konnte. Doch die Worte von eben ließen sie nicht kalt. Wenn sie jetzt absagte, fühlte sich Fabienne nur bestätigt. Wenn sie aber zusagte, würde sie wohl oder übel mit den anderen auf den Weihnachtsmarkt gehen müssen, den sie seit Allys Tod ebenso mied wie sämtliche Feiern. Und sie würde ihnen den Abend damit nur versauen.

»Klar, warum nicht.« Sie hatte nicht einmal selbst fertig nachgedacht, als die Worte aus ihrem Mund sprudelten und sie ebenso fassungslos hinterließen wie die beiden Frauen vor sich.

Sarah schien sich am schnellsten zu fangen. »Dann sehen wir uns dort? Oder soll ich dich mit dem Auto mitnehmen?«

»Ich will meins wenigstens kurz nach Hause fahren. Alkohol und Straßenverkehr vertragen sich nicht so gut.« *Und mich daheim am besten vorher noch erwürgen*, fügte sie in Gedanken hinzu, setzte aber ein Lächeln auf. Ihre Kolleginnen nickten kurz und verabschiedeten sich mit einem kurzen »Bis später« an ihre Arbeitsplätze, während Susan nach ihrer Tasse griff und sich ebenfalls auf den Rückweg machte.

Ihr Schreibtischstuhl quietschte, als sie sich dagegen sinken ließ und die Hände vors Gesicht schlug. Was hatte sie nur geritten? Was interessierte es sie überhaupt, was ihre Arbeitskollegen von ihr dachten, wenn sie keine privaten Treffen mit ihnen veranstaltete? Sie war ihre Kollegin und nicht mit ihnen befreundet. Nicht mehr. Nur weil es zum guten gesellschaftlichen Ton gehörte, in dieser heiligen Zeit so zu tun, als würde man mit allen Menschen, die auf der gottverdammten Welt lebten, gut auskommen und der Weltfrieden wäre nur einen kleinen Schritt entfernt?

Ihre Finger massierten über die Schläfen, unter denen sich ein dumpfes Pochen ausbreitete. Ihr Blick wanderte zu dem Foto von Ally, das auf ihrem Schreibtisch stand. Wie immer lächelte ihre Tochter ihr davon aufmunternd zu und sie war sich sicher, dass Ally es gerne gesehen hätte, wenn Susan Spaß an ihrem Leben empfinden würde. Trotzdem kam es ihr wie ein Verrat vor.

Das Handy in ihrer Tasche vibrierte. Als sie es herauszog, leuchtete Moritz' Name auf dem Display auf. Sofort schlich sich ein Lächeln auf ihre Lippen.

**Moritz**
*Was machst du heute Abend? Soll ich später vorbeikommen und Essen mitbringen?*

**Susan**
*Habe gerade zugesagt, mit auf den Weihnachtsmarkt zu gehen.*

**Moritz**
*Dann sehen wir uns morgen. Viel Spaß!*

Susan seufzte auf und starrte eine halbe Ewigkeit auf ihr Handy, bevor sich ihre Finger selbstständig machten und eine Nachricht an ihren besten Freund verfassten.

**Susan**
*Könntest du vielleicht vorbeikommen und mich erlösen?*

Mit zitternden Fingern starrte sie auf das Handy in ihrer Hand und verfluchte sich für ihre Dummheit. Warum machte sie Moritz eine solche Mühe. Nur weil er ihr einziger Freund war? Sie hätte eben einfach ‚nein' sagen können. Sie hätte sogar ‚nein' sagen müssen. Gerade als sie die Nachricht löschen wollte, erschienen die blauen Häkchen verhinderten es.

**Moritz**
*Dein Ritter eilt. Ich ziehe mich nach der Schicht nur schnell um und mache mich dann auf den Weg. Bist du mit dem Auto da oder soll ich meins mitbringen? Dann fahre ich dich später heim.*

**Susan**
*Ich wollte meins daheim abstellen. Nur für alle Fälle.*

**Moritz**
*Dann bringt der Ritter sein weißes Pferd mit. Bis später, Sue. Ich freue mich.*

Ein Schmunzeln erschien auf ihrem Gesicht. Sie würde einfach einen Glühwein mit den Kollegen trinken und sich dann bei ihnen entschuldigen, sobald Moritz auf dem Markt angekommen war.

# 5. Kapitel

»Susan«, ertönte ihr Name über den gesamten Platz des Weihnachtsmarktes. Okay, vielleicht übertrieb sie gerade, aber Fabienne hatte sehr laut gerufen als sie Susan auf den Stufen entdeckte, die zu dem gepflasterten Platz herunterführten. Auf dem riesigen Markt waren, wie jedes Jahr, einzelne Stände aufgebaut, die neben Glühwein, Kinderpunsch und Essen auch Geschenke aller Art verkauften. Im Vorbeigehen liebäugelte sie mit einem schwarzen Paar Handschuhe, die ein Verkäufer gerade einer älteren Dame lautstark anpries. Ob die Frau schwerhörig war oder er so andere Besucher auf sich aufmerksam machen wollte, wusste sie nicht. Sie rieb ihre Hände, während sie zu ihren Kollegen hinüber schlenderte. Warum musste es im Winter auch immer so kalt sein. Vielleicht hätte sie sich zu Hause schnell umziehen sollen. Fabienne wäre ohne Probleme fünfzehn Minuten länger ohne sie ausgekommen, ebenso wie der Rest der Truppe, der nun gemütlich um einen Tisch stand, vor sich jeder eine Tasse, die nicht nur qualmte, sondern auch noch verführerisch duftete.

Mit einem zaghaften Lächeln, das sich anfühlte, als müsste sie es ein bisschen üben, gesellte sie sich dazu. »Hey Leute.«

»Schön, dass du gekommen bist.« Erstaunt über die Wärme in Sarahs Worten sah sie in deren braune Augen, die die gleiche Freude über ihr Auftauchen erkennen ließen wie ihre Worte. Aber warum sollte sie ...? Doch als Susan genauer nachdachte, konnte sie sich nicht an ein böses Wort von Sarah bei dem Gespräch heute erinnern. Ja, sie hatte Fabienne nicht aufgehalten, doch war sie es gewesen, die einen kurzen Hinweis auf Ally gegeben hatte. Das Lächeln auf ihrem Gesicht verwandelte sich immer mehr in ein warmes, freundliches Lächeln. Gerade als sie überlegte, ob sie sich schnell etwas zu trinken holen sollte, sprintete Fabienne schon los.

»Ich hole dir was zu trinken. Du bist ja ohne Auto da.«

Susan sah ihr hinterher und blickte dann verlegen in die Runde. Eigentlich wusste sie immer noch nicht, was sie hier sollte, obwohl sie sich nicht mehr so unwohl fühlte, wie dem Weg hierher. Sarah schien sich ehrlich zu freuen, dass sie mal wieder etwas mit ihnen gemeinsam unternahm, doch sie hatte keine Ahnung, worüber sie sich mit ihren Kollegen austauschen sollte. Was wusste sie über das heutige Leben ihre ehemaligen Freundinnen? Im Grunde gar nichts. Und mit Marc und Philipp hatte sie noch nie mehr zu tun gehabt, als ein freundliches »Hallo« auf dem Flur.

Unsicher musterte Sarah sie einen Moment, bevor sie ihren Becher nahm und sich direkt neben Susan stellte. Leiser fuhr sie fort. »Ich hoffe, es ist wirklich okay für dich, mit uns hier zu sein. Ich wollte dich zu nichts zwingen.«

Für einen kleinen Moment hatte Susan das Gefühl auflachen zu müssen. »Nach eurem Gespräch wäre eine andere Antwort wohl Selbstmord gewesen, oder?«, fragte sie deshalb frei heraus. Warum sollte sie verbergen, dass sie gelauscht hatte.

Dem Schock auf dem Gesicht ihrer Kollegin folgte ein

Stöhnen. »Es tut mir leid. Fabienne ist manchmal ...« Sarah zuckte mit den Schultern. »Sie kann unausstehlich sein. Und das, was sie im Büro gesagt hat, hätte sie nicht sagen dürfen.«

»Hat sie aber«, entschlüpfte es Susan schneller, als sie die Lippen schließen konnte. Sie versuchte sich an einem Lächeln, doch es gelang ihr nicht wirklich.

»Sie wollte dich damit bestimmt nicht verletzen.« Es war ja verständlich, dass Sarah ihre Freundin in Schutz nahm, doch das, was Fabienne gesagt hatte, war für nichts anderes gut gewesen. Weshalb hätte sie sich sonst so Luft verschaffen sollen? Solche Worte hatten nur zwei Auswirkungen. Sie würden Susan treffen, sobald sie sie hörte, und den Rest der Firma immer mehr gegen sie aufbringen. »Sie hat einfach nicht nachgedacht.«

Gerade als Susan etwas darauf erwidern wollte, kam Fabienne zurück an den Tisch, den Weihnachtssong, der über die Boxen lief, lautstark mitträllernd. Sie stellte den Becher vor ihr ab und sah dann mit einem breiten Grinsen in die Runde. »Oh ich liebe diese Zeit einfach.«

Um einem Kommentar zu entgehen, hob Susan die Tasse an ihre Lippen und nippte vorsichtig daran, um sich nicht zu verbrennen. Schluck für Schluck genehmigte sie sich das heiße Getränk und merkte, wie es sie immer mehr von innen wärmte, während sie sich aus dem Gespräch am Tisch weitestgehend heraushielt. Fabienne machte keine Anstalten sie mit einzubeziehen und Sarah stand immer noch leicht geknickt neben ihr. Ihr schien die Sache in der Firma leidzutun, ebenso wie die Einladung, mit der sie Susan nur dazu gezwungen hatte, den Abend mit ihnen zu verbringen.

Um sie etwas aufzumuntern, stupste Susan sie leicht am Arm an und raunte ihr zu: »So schlimm ist es nicht, mach dir keinen Kopf.«

Doch Sarah schien ihre Worte gar nicht wahrzunehmen.

Sie fixierte einen Punkt hinter ihr, als Susan auch schon einen Arm um ihre Schulter spürte.

»Da bist du ja.«

Erstaunt drehte sie sich um und sah in Moritz' strahlende Augen. Sie lehnte sich kurz gegen ihn, bevor sie in die Runde deutete. »Moritz, mein bester Freund, und das sind Sarah, Fabienne, Marc und Philipp, meine Arbeitskollegen.« Sie deutete auf einen nach dem anderen, die den Neuankömmling interessiert musterten und ihm freundlich die Hand schüttelten, die er ihnen über den Tisch reichte. Moritz zog selbst ohne seinen Arztkittel überall die Blicke auf sich. Was Susan durchaus festgestellt hatte, wenn sie ab und an mit ihm ausging, um nicht immer nur in ihren vier Wänden zu hocken. Doch das hier war mehr als die üblichen Blicke. Fabienne leckte sich über die Lippen und checkte ihn anschließend von oben bis unten ab. Am liebsten hätte Susan die Augen verdreht, aber Moritz schien davon keine Notiz zu nehmen, sondern griff nach ihrem Becher, der schon fast leer war, und trank den letzten Schluck aus.

»Und nun werdet ihr uns mit Sicherheit entschuldigen.« Er grinste froh in die Runde. »Ich habe noch etwas mit Susan vor, wenn sie schon einmal auf einem Weihnachtsmarkt ist.« Er zwinkerte den anderen verschwörerisch zu, als er den Arm um Susan legte und sie wegführen wollte.

Schnell hob Susan einen Arm. »Wir sehen uns dann morgen.«

Die Erwiderungen hörte sie schon nicht mehr, weil Moritz sie unbeirrt zwischen den anderen Menschen hindurchschob, bis die Massen sie endgültig vor der Sicht ihrer Kollegen abschirmten.

»Danke.« Sie schmiegte sich enger an ihn. »Ich weiß nicht, was mich geritten hat, überhaupt ja zu sagen zu diesem Irrsinn.«

Moritz schmunzelte nur und strich ihr über die Schulter. »Gut für mich, so bekomme ich dich wenigstens mal wieder auf einen Weihnachtsmarkt.«

»Oh ja, weil es ja schon immer dein sehnlichster Wunsch war, mit mir über einen Weihnachtsmarkt zu schlendern, während Schneeflocken herunterrieseln und kitschige Weihnachtsmusik aus allen Lautsprechern tönt«, zog Susan ihn für einen Moment auf, obwohl sie damit wahrscheinlich gar nicht so weit weg von der Wahrheit war. Schließlich hatte Moritz sie schon mehr als einmal gefragt, ob sie an einem freien Tag mit ihm den Markt besuchen wollte.

Moritz grinste sie nur an. »So ungefähr. Obwohl ich auf die Schneeflocken verzichten könnte, die machen es zu romantisch.«

»Na dann, mein Ritter in glänzender Rüstung, sag mir, was du schon immer mit mir auf einem Weihnachtsmarkt machen wolltest.«

Für einen winzigen Moment funkelten seine Augen und sein Mund verzog sich zu einem belustigten Lächeln, bevor er den Kopf schüttelte und sie zu dem nächsten Crêpes-Stand führte. »Erst einmal sorge ich dafür, dass du etwas in den Magen bekommst, wenn du ihn schon mit Alkohol füllst.«

Mit Sicherheit wäre dann eine fettige Wurst mit Pommes und Mayo geeigneter gewesen, aber Moritz kannte ihre Schwäche für die süßen, dünnen Teigscheiben. Sie stellten sich in die Reihe und wartete darauf, dass die Schlange immer kürzer wurde. Währenddessen wanderte Susans Blick über ihre Umgebung. Es schienen die gleichen Stände aufgebaut zu sein, die es vor fünf Jahren hier gegeben hatte.

Moritz zeigte auf eine der kleinen, hölzernen Buden in der Nähe. »Würdest du mir vielleicht gleich helfen, ein Geschenk für meine Mutter auszusuchen? Ich kann sowas nicht und du bist eine Frau.«

Susan sah ihn neugierig an. »Und wie hast du die letzten Jahre etwas für sie besorgt?«

»Meine Schwester«, war seine einsilbige Antwort, die zwar ihre Frage durchaus beantwortete, aber nicht, warum er ihr in diesem Jahr ihr die Ehre dafür zuteilwerden ließ. Moritz verzog verlegen seinen Mund. »Sie hat mir gesagt, ich soll mich gefälligst selbst darum kümmern. Es wäre schließlich meine Mutter, die ein bisschen mehr Aufmerksamkeit von mir verdient hätte.«

Susan lachte auf. »Eine weise Schwester, hast du da. Dann sollte ich dir besser nicht helfen.« Das Flehen in seinen Augen ließ sie jedoch einknicken. »Okay, ich helfe dir beim Aussuchen. Aus drei Dingen, die du selbst auswählst.«

»Deal.« Mittlerweile waren sie am Anfang der Schlange angekommen und Moritz bestellte für sie beide jeweils einen Crêpe mit Zimt und Zucker.

»Heute gar kein Nutella?«, fragte sie erstaunt. Sie liebte Crêpe und wollte nicht darauf verzichten, nur weil sie nicht mehr auf Märkten herumschlenderte, weshalb sie zu Hause selbst Teig anrührte und sich an den Herd stellte. Und jedes einzelne Mal hatte Moritz einen mit Nutella gegessen, während sie auf Zimt und Zucker schwor.

»Ich hatte heute schon genug Schokolade.«

»Als würdest du das nicht lieben«, gab sie zurück und nahm ihm dankbar ihr Essen ab, um sich ein Bissen davon in den Mund zu schieben.

Er strich sich verlegen über seinen nicht vorhandenen Bauch. »Ich sollte auf meine Figur achten.«

»Als ob. Bei deinem Job und dem Sport, den du nebenbei machst, kannst du essen, was du willst, ohne auch nur ein Gramm zuzunehmen.«

Seine Augenbrauen zuckten belustigt nach oben. »Und ich nehme an, dir gefällt, was du siehst.«

Natürlich war Moritz mehr als anziehend für das weibliche Geschlecht. Und das wusste er zu genau. Es war schließlich nicht so, als hätte er in seinem Leben nicht schon genug Gelegenheiten gehabt, tolle Frauen auszuführen. Doch seit seiner Ex, die mit seinen Arbeitszeiten nicht klargekommen war, hatte er niemals eine andere Frau in Susans Gegenwart erwähnt. Demonstrativ ließ sie ihren Blick über seinen Körper gleiten und legte den Kopf schief. »Das hast jetzt du gesagt.«

Er sah sie wissend an und auch sie musste schmunzeln. Wenn sie so miteinander umgingen, war ihr Leben leicht, wenigstens für ein paar Momente. Und sie war ihm mehr als dankbar dafür, dass er nicht mehr von ihr erwartete. Dass er das zuließ, was sie geben konnte, ohne enttäuscht zu sein, wenn daraus nicht mehr wurde.

»Sollen wir das Geschenk für deine Mutter suchen?«, fragte sie, um das Thema zu wechseln. Moritz nickte und legte wieder wie selbstverständlich seinen Arm um sie, während er zu dem Stand schlenderte, an dem sie vorhin schon einige Kerzen, Lampen und sonstige Dekorationsartikel gesehen hatte. »Also, was stellst du dir für sie vor?«

Unschlüssig ließ Moritz seinen Blick über die Auslage schweifen. Susan betrachtete die einzelnen Dinge genauer und überlegte, ob sie etwas für ihre eigene Mutter aussuchen sollte. Diese war ein großer Fan von allen möglichen Glaskugeln, die sie selbst über die Weihnachtszeit hinaus in ihren Fenstern hängen ließ. Ob es jedoch so geschickt war, etwas aus Glas im Flugzeug mitzunehmen, wusste sie nicht. Stattdessen fiel ihr Blick auf große Kerzen, die wunderschön marmoriert waren. Vielleicht wäre das ja genau das Richtige.

»Was hältst du von dem da?« Aus ihren eigenen Gedanken gerissen, sah sie an seinem Finger entlang hin zu wunderschönen Teelichtbehältern, die bunt angemalt waren. Ein tolles Geschenk – für eine Freundin, der man eine kleine

Freude machen wollte. Aber ob es perfekt für seine Mutter wäre, wagte Susan zu bezweifeln.

»Willst du nicht vielleicht...«, setzte sie an, doch er unterbrach sie sofort.

»Drei Gegenstände!«

Sie sah zu ihm auf und bemerkte sein Zwinkern. »In Ordnung.«

»Eine von den Glaskugeln da oben?« Nun zeigte er genau auf die runden Gebilde, mit denen sie eben noch selbst geliebäugelt hatte.

»Mag deine Mama so etwas?«, stellte sie die Frage, nicht nur, um herauszufinden, ob das Geschenk passen würde, sondern auch, weil sie neugierig auf die Frau war, die ihn erzogen hatte.

»Kaum rückt die Weihnachtszeit näher, verwandelt sich ihr Haus in ein einziges Lichter- und Dekorationsmeer. Früher habe ich mehr als einmal laut aufgestöhnt, wenn sie mich zum Gespött meiner Freunde machte, indem sie unser Haus in einen einzigen großen Weihnachtsbaum verwandelte.«

»Dann solltest du eine von den Kugeln nehmen oder so einen großen Stern da oben.« Sie zeigte nach oben, wo es rot schimmerte, weil mehrere Exemplare unter der Decke der Bude angebracht waren und von Lampen hell erleuchtet wurden.

Moritz nickte und sah die Verkäuferin an. »Ich nehme die blaue Kugel mit dem Baum drauf und einen von diesen roten Sternen.« Als diese sich bückte und unter ihrem Tisch eine Pappschachtel hervorkramte, wandte er sich an Susan. »Danke. Ich glaube, ich hätte einfach aus Verzweiflung das erste mitgenommen, was mir in den Weg gesprungen wäre.«

Sie musste lachen. »Das wäre dann wohl Fabienne gewesen.«

Sein rechter Mundwinkel hob sich. »Naja, mit einer

Schwiegertochter wäre meine Mutter mit Sicherheit einverstanden.«

Susan stöhnte auf. »Doch nicht jemanden wie Fabienne.«

Zärtlich streichelte er über ihre Wange. »Nein.«

Sie konnte nicht verhindern, dass ihr eine leichte Röte in die Wangen stieg, und war mehr als froh, als die Verkäuferin sich räusperte und Moritz eine Plastiktüte hinhielt, während er das Geld überreichte.

»Was nun?«, fragte sie deshalb schnell.

»Einfach über den Markt schlendern? Willst du noch gebrannte Mandeln mitnehmen?«

»Das wäre toll. Die habe ich echt ewig nicht mehr gegessen.« Das letzte Mal mit Ally. Sie hatte sich jedes Jahr wie verrückt auf das süße, klebrige Zeug gestürzt und sie damit in den Wahnsinn getrieben. Ein feines Lächeln legte sich bei dem Gedanken daran auf Susan Züge.

»Woran denkst du?« Moritz Stimme war sanft und dennoch neugierig.

Bei ihm musste sie keinen Moment zögern oder überlegen, ob sie mit der Wahrheit rausrücken sollte. »An Ally. Weißt du noch, wie sie die Mandeln auf ihrem Krankenhausbett verteilt hat, weil sie sie hektisch vor Helena verstecken wollte?«

Moritz musste ebenfalls grinsen und nickte. »Dabei war Helena es, die am nächsten Morgen vor ihrer Schicht extra auf dem Markt vorbeigegangen ist und ein neues Päckchen für sie geholt hat.«

Erstaunt sah Susan auf. »Wirklich? Davon hat sie mir nie etwas erzählt.«

Zuckend hob er seine Schultern. »Jedes Kind muss Geheimnisse vor seinen Eltern haben.«

»Wahrscheinlich.« Da Allys Leben ab dem Moment, in dem sie ins Krankenhaus kam, mehr denn je überwacht wurde, war sie nun irgendwie dankbar, dass ihre Tochter doch einen Weg gefunden hatte, sich ein bisschen frei zu fühlen.

»Halt«, rief Susan plötzlich und griff nach Moritz Hand, um ihn hinter sich herzuziehen, zu einem kleinen Stand, an dem verschiedene Engelsfiguren aufgereiht waren. Eine war ihr schon von weitem ins Auge gestochen. Weiß, mit fließenden Konturen. Sie liebte es, wenn man an den Figuren kein Gesicht erkennen konnte, weil sie so Ally mehr darstellten, als diese kleinen Babyengelchen, die mit ihrer Tochter nicht viel gemeinsam hatten. Der Engel kniete über einem Geschenk, in dem Platz für ein Teelicht war und beschützte dieses mit seinen Flügeln, die rechts und links davon platziert waren.

»Der ist perfekt«, flüsterte sie und strich über die Figur.

»Wir nehmen diese«, wandte sich Moritz sofort an den Mann hinter dem Tresen und zog seinen Geldbeutel aus der Hosentasche.

Susan wollte protestieren, doch Moritz legte ihr einen Finger auf die Lippen und brachte sie so zum Verstummen, bevor ein einziges Wort ihren Mund verlassen hatte.

»Wir wissen beide, warum du diese Figur haben willst. Also lass mir die Freude, sie für dich zu kaufen. Denn dann habe ich das perfekte Weihnachtsgeschenk.«

»Sollte man nicht eigentlich die Menschen damit überraschen?«, fragte sie schwach nach, doch Moritz zuckte mal wieder nur mit den Schultern.

»Mir ist es lieber, du weißt davon und es ist das Geschenk, was dich am meisten freuen wird, als dir irgendeinen Schund zu schenken, nur damit ich was habe.«

Dass es das einzige Geschenk sein würde, das sie an Weihnachten erhielt, behielt sie besser für sich. Stattdessen versuchte sie die Tränen, die vor Rührung aufsteigen wollten, zu unterdrücken. Er war nicht nur die Person, mit der sie ohne Probleme über Ally sprechen konnte, nein, er war es auch, der ebenso oft an sie dachte und Susan verstand. Der akzeptierte, dass sie solche Erinnerungsstücke brauchte, auch wenn sie erst einmal nur dazu führten, dass Susan sich einen Abend lang ihren Tränen hingab, sobald die erste Kerze vor dem kleinen Engelchen brennen würde. Moritz zog sie in seine Arme und streichelte über ihren Rücken.

# 6. Kapitel

»Totale Katastrophe«, tönte es schon aus dem Hörer, als Susan ihn abnahm. Es war Heiligabend und eigentlich hatte sie gar nicht damit gerechnet, dass ihr Telefon heute klingeln würde. Ihre Mutter rief grundsätzlich erst am 1. Weihnachtsfeiertag an, da Heiligabend für sie eben noch nicht Weihnachten war. Und Moritz hatte Schicht in der Klinik und wollte erst am Abend spät vorbeikommen, wenn diese beendet war. Doch seine Stimme war es, die nun panisch durch den Hörer schallte.

»Was ist denn los?«

»Der Engel kommt nicht.«

»Was?«, rief Susan entsetzt aus. »Du hast doch gesagt, dass du ihn schon vor Wochen gebucht hast. Warum kommt er dann nicht?«

»Die Frau hat sich wohl krankgemeldet und die Agentur kann keinen Ersatz schicken. Natürlich sind sie bereit, uns sämtliche Kosten zurückzuerstatten und es tut ihnen furchtbar leid«, leierte Moritz den Text herunter, den er mit Sicherheit eben von der Agentur gehört hatte.

»Oh nein, und was wollt ihr nun machen?«, fragte sie nach

und unterdrückte ihre Wut. Ob sie der Agentur Unrecht tat oder nicht, konnte sie gerade beim besten Willen nicht mehr entscheiden, aber sollte man für Weihnachten nicht irgendwen in petto haben, wenn man schon Aufträge annahm, um Kinderherzen zu erfreuen? Wer bitte plante so knapp, dass bei einem einzigen Krankheitsfall alles in sich zusammenfiel und angenommene Buchungen nicht eingehalten werden konnten?

»Die Kinder freuen sich auf den Engel. Sammy hat den anderen davon vorgeschwärmt.«

Sammy? Der Junge, der so alt war wie Ally und damals mit ihr gemeinsam auf der Station lag? Susan war davon ausgegangen, dass er den Krebs besiegt hatte. Ihr Herz wurde schwer. »Sammy ist wieder in der Klinik?«

»Ja, seit ein paar Wochen.«

Erst jetzt wurde ihr die volle Tragweite seiner Worte bewusst und ihr stockte der Atem. »Woher weiß er von dem Engel?«

Am anderen Ende der Leitung wurde es still. Moritz räusperte sich. »Er ist das dritte Mal hier. Und dieses Mal sieht es nicht so aus, als würde er es schaffen.«

»Oh nein.« Susan ließ sich auf ihr Sofa fallen und schlug eine Hand vor ihren Mund, während sie mit den Tränen kämpfte. Ihre Kehle zog sich immer mehr zu, wenn sie an den kleinen Jungen und seine Eltern dachte.

»Ich habe noch einiges zu tun. Könntest du vielleicht herumtelefonieren und schauen, ob du in einer anderen Agentur vielleicht einen Engel auftreiben kannst?«

Susan schluckte, um überhaupt in der Lage zu sein, einen Ton über ihre Lippen zu bekommen. »Natürlich«, krächzte sie. »Sobald ich etwas weiß, schreibe ich dir, ja?«

»Du bist ein Engel.«

Susan senkte das Telefon auf ihren Schoß und starrte für ein paar Sekunden auf die Figur, die Moritz ihr schon gegeben hatte und die nun ihren Platz neben Allys Bilderrahmen gefunden hatte. Nein, es durfte nicht sein, dass der Engel heute nicht bei den Kindern auftauchen würde. Sie schluckte erneut und straffte dann ihre Schultern, bevor sie aufstand und mit dem Telefon in der Hand in ihr Schlafzimmer lief, wo ihr Laptop auf ihrem Bett schlummerte. Hastig klappte sie diesen auf und weckte ihn aus seinem Dornröschenschlaf. Als sie nach kurzer Zeit eine Liste von Agenturen vor sich sah, tippte sie sofort die erste Nummer in das Telefon ein und hielt es sich ans Ohr.

»Agentur Raffael, wie kann ich helfen?« Die dunkle Stimme des Mannes klang schon jetzt genervt, sodass Susan am liebsten sofort aufgelegt hätte, aber sie brauchte dringend einen Weihnachtsengel.

»Guten Tag, Susan Chamberlain hier. Ich hätte eine etwas ungewöhnliche Anfrage«, begann sie zaghaft und betete, dass der Mann ihr gleich glücklich seinen Ersatzengel anbieten würde. »Wir haben eine Weihnachtsfeier im hiesigen Krankenhaus geplant, um für die Kinder der Krebsstation das Weihnachtsfest etwas gemütlicher zu gestalten. Leider ist uns der Engel krank geworden. Sie hätten nicht zufällig einen Ersatz, den sie uns schicken könnten?«

»Dann hätten sie wohl besser direkt bei uns buchen sollen.« Susans Herz hüpfte freudig, bevor der Mann sie mit seinen nächsten Worten wieder auf dem Boden der Tatsachen aufprallen ließ. »Aber so kurzfristig kann ich da nichts für sie tun. Vor ein paar Tagen wäre vielleicht noch etwas möglich gewesen. Tut mir leid. Da müssen sie einfach besser planen.«

Damit legte er einfach auf, ohne dass Susan überhaupt etwas erwidern konnte. Verärgert schnaubte sie. Von wegen. Denn wenn bei ihm jemand ausgefallen wäre, hätte er ja anscheinend ebenso wenig für Ersatz sorgen können.

Doch auch bei den anderen Agenturen, bei denen sie

anrief, erntete sie meist nicht mehr als ein kurzes und knappes »Nein«. Als nur noch eine einzige auf ihrer Liste stand, zitterten ihre Finger umso mehr beim Wählen. Sie wollte sich gar nicht ausmalen, was sein würde, wenn diese nun ebenfalls absagte, aber ihre Zuversicht hatte sie mit jedem einzelnen Anruf ein Stück mehr verlassen.

»Agentur Herbstblatt, Engel und Weihnachtsmänner für jeden Bedarf, wie können wir behilflich sein in dieser frohen Zeit?«, wurde sie von einer freundlichen Frauenstimme begrüßt und fragte sich einen winzigen Moment, wer sich diesen Namen ausgedacht hatte.

»Susan Chamberlain. Sie sind meine letzte Hoffnung«, begann sie und leierte dann den Text herunter, den sie schon den anderen Agenturen aufgetischt hatte.

»Es tut mir leid, Frau Chamberlain, bei uns sind einige Mitarbeiter krankheitsbedingt ausgefallen, sodass ich Ihnen niemanden schicken kann.«

Ihre Schultern sanken nach unten und sie wollte sich schon matt bedanken, da diese Antwort wenigstens freundlich gewesen war, als die Frau am anderen Ende der Leitung zu einem großen »Aber« ansetzte.

»Aaaaber ... wenn sie ins Einkaufszentrum gehen, könnten sie einen unserer Engel abfangen. Sie wurde bis 15 Uhr gebucht und hat anschließend Feierabend. Vielleicht können sie die junge Frau ja überreden, ein paar Überstunden zu machen. Ich werde sie schon einmal vorweg in Kenntnis setzen, dass wir die Kosten tragen und mit Ihnen natürlich auch einen Vertrag abschließen werden, falls sie sich dazu bereit erklärt.«

Erleichtert stöhne sie auf. »Vielen Dank, Frau ...“ Fieberhaft kramte sie in ihrem Gedächtnis nach dem Namen der Frau.

»Herbstblatt«, half sie netterweise aus und offenbarte so

doch noch die Namensgebung der Agentur.

»Vielen Dank, Frau Herbstblatt. Ich mache mich sofort auf den Weg.«

»Ich hoffe, unsere Mitarbeiterin erklärt sich bereit«, gab die Frau zurück, bevor sie sich von Susan verabschiedete.

Ein Blick auf die Uhr zeigte ihr, dass sie nicht mehr viel Zeit hatte, wenn sie pünktlich zu Dienstschluss am Einkaufszentrum sein wollte. Doch so, wie sie angezogen war, konnte sie nicht vor die Tür gehen, also kramte sie schnell in ihrem Schrank ein paar schwarze, dicke Strumpfhosen heraus, sowie einen karierten Rock, über den sie ein weißes Shirt anzog. Ihre Haare schnell zu einem Pferdeschwanz hochgebunden, zwängte sie sich schon in ihre hochhackigen, braunen Wildlederschuhe und den schwarzen Mantel und verließ eilig ihre Wohnung. Ihren Schlüssel steckte sie draußen schnell in ihre Tasche und machte sich dann auf den Weg zur Bushaltestelle, in der Hoffnung, dass sie auf die nächste Fahrgelegenheit nicht so lange würde warten müssen. Normalerweise fuhr sie nicht mit dem Bus in die Stadt, sondern nahm ihr Auto, doch sie wollte nicht das Risiko eingehen, am Heiligabend im Parkhaus des mit Sicherheit überfüllten Einkaufszentrums keinen Parkplatz zu finden und den Engel deshalb zu verpassen.

Unruhig trat sie von einem Fuß auf den anderen und beobachtete die Fahrgäste, die ebenfalls warteten. Eine Mutter, die ihren Kinderwagen hin und her schob, telefonierte mit jemandem. Anscheinend war es unheimlich wichtig jetzt noch zu diskutieren, ob es besser wäre elektrische oder echte Kerzen für die Weihnachtsstimmung zu verwenden. Als ob um kurz vor drei an Heiligabend irgendjemand mit kleinen Kindern den Baum umschmücken würde. Als Ally klein gewesen war, hatte sie den Baum nachts geschmückt, bis ihre Tochter alt genug war, um dabei zu helfen. Dann hatten sie schon Tage vor dem Fest eine kleine Schmückaktion gestartet und den Baum mit Kugeln, Selbstgebasteltem und künstlichen Kerzen verziert. Auch wenn sie wusste, dass Ally nicht mehr so stürmisch war, wie als Kleinkind, wollte sie kein Risiko eingehen und griff zu der elektrischen Variante. Vielleicht war sie schon immer zu sehr ein sicherheitsliebender Mensch gewesen, der alles unter Kontrolle haben wollte. Bis es eben nicht mehr möglich war.

Susan wandte den Blick von der Mutter ab, als sie den Bus hörte. Sie zog den Riemen ihrer Tasche zurück auf ihre Schulter und kramte in ihrer Manteltasche nach ihrem Geldbeutel, um sich beim Fahrer ein Ticket zu kaufen. Er wünschte ihr »Frohe Weihnachten«, bevor sie sich einen Sitzplatz suchte. Die meisten Passagiere waren ebenso mit ihren Handys beschäftigt, wie die Frau eben an der Haltestelle. Niemand achtete mehr auf den anderen, jeder war in seine eigene Welt abgetaucht.

*Eigentlich absurd*, dachte Susan für einen Moment, *sie waren alle nicht wirklich in der realen Welt. Bei der Trauer galt es als krankhaft, doch verschanzte man sich in der virtuellen Welt, weil das Leben, so wie es war, mit der Hilfe des Internets leichter wurde, war es in Ordnung.*

»Einkaufszentrum«, tönte kurze Zeit später schon die blecherne Computerstimme und kündigte an, dass sie aussteigen konnte. Einige ihrer Mitfahrer erhoben sich ebenfalls, schauten teilweise selbst dann noch auf das Smartphone, während ein paar wenige es zurück in ihre Tasche steckten. Susan wandte ihren Blick ab und stieg aus dem Bus hinaus auf die Straße. Der Wind pfiff kalt um ihre Beine und tatsächlich fielen an Weihnachten die ersten Schneeflocken hinunter auf die Erde und entlockten ein paar Kindern ein süßes Lächeln. Das Einkaufszentrum war nur noch eine Querstraße entfernt, doch schon hier war der

Besucherstrom enorm. Warum kamen eigentlich immer so viele Menschen auf die Idee, erst an Heiligabend für die Geschenke sorgen zu wollen? Auf den wenigsten Gesichtern war wirkliche Weihnachtsfreude zu entdecken, stattdessen stand den Passanten der Stress deutlich in ihre Züge geschrieben.

In diesem Moment musste sie unwillkürlich an den Besuch des Weihnachtsmarktes mit Moritz denken und ein Lächeln stahl sich auf ihre Lippen, während sich in ihrem Magen eine Wärme ausbreitete, die ihr durch den ganzen Körper kroch. Er hatte die Gelegenheit genutzt und einfach so, ohne Stress, ein perfektes Geschenk für sie beschafft. Natürlich war sie nicht untätig gewesen und hatte eine Kleinigkeit für ihn besorgt, die nun schön verpackt in ihrer Wohnung auf ihn wartete. Doch dafür hatte sie sich Zeit gelassen und war durch mehrere Geschäfte geschlendert, um nicht einfach das Nächstbeste unter Zeitdruck eben schnell kaufen zu müssen. Nein, sie wollte ein ebenso schönes und perfektes Geschenk finden und keine Notlösung. Etwas, was ihm ein Lächeln auf sein Gesicht zaubern würde. Mit einem Mal taten ihr die Menschen um sie herum leid, dass für sie die Geschenksuche mehr mit Verzweiflung und falschen Alternativen verbunden sein würde, als damit, worauf es eigentlich ankam. Ein kleines Zeichen zu setzen, das zeigte, dass man denjenigen vor sich mochte und sich Gedanken um ihn gemacht hatte.

Das Einkaufszentrum begrüßte sie mit einem Schwall heißer Heizungsluft. Susan ging schnurstracks zu der Bühne, die jedes Jahr für die Engelchen und den Weihnachtsmann aufgebaut war. Zum Glück saß auf dem roten Stuhl noch ein Mann in einem dicken roten Kostüm, der gerade ein Kind auf sein Bein hob, das ihn mit einem offenen Mündchen anstarrte, während er ihm sacht den Rücken hielt, damit es nicht von seinem Schoß fiel. Der Engel, den sie suchte, stand etwas weiter hinten und hatte ein breites Lächeln im Gesicht. Erleichtert atmete Susan auf und stellte sich an einen Kaffeestand, der in der Nähe aufgebaut worden war und orderte einen Latte Macchiato zum Mitnehmen, während sie darauf wartete, dass die Schlange vor dem Stand kürzer wurde und sie die junge Frau abfangen konnte.

Als auch nach drei einige Kinder dort standen, erschien Susan ihre Hektik von eben unsinnig, da der Weihnachtsmann keine Anstalten machte, seine Schicht einfach so zu beenden und die kleinen Erdenbürger zu enttäuschen. Er wartete, bis jedes Einzelne, was in der Schlange auf ihn gewartet hatte, auf seinen Schoß gekrabbelt war und erwärmte Susans Herz mit dieser Geste mehr, als sie es für möglich gehalten hatte. Sie trank den letzten Schluck von ihrem Getränk aus und warf den Pappbecher in den Müll, als die junge Frau hinter den Stuhl trat und mit einer Tasche die Bühne verlassen wollte.

»Entschuldigen Sie bitte«, rief Susan und eilte auf die junge Frau zu, die erschrocken zu ihr aufsah.

Sie musterte Susan von oben bis unten, bevor sie leise fragte: »Ja?«

»Ihre Agentur müsste Ihnen eine Nachricht geschickt haben. Es geht um einen Spontanauftrag. Wir suchen mehr als dringend einen Engel für eine Weihnachtsfeier im Krankenhaus. Der Engel, den wir für die Kinder der Krebsstation gebucht hatten, ist leider ausgefallen, weshalb wir nun einen Ersatz brauchen. Sie hätten nicht zufällig Zeit, eine weitere Schicht einzuschieben?« Flehend sah sie die junge Frau an und hoffte inständig, dass sie zusagen würde.

Die Angesprochene kramte in ihrer Tasche nach ihrem Handy und überflog die Nachricht, während Susan gespannt auf ihre Antwort wartete.

7. Kapitel

»Warum sind Sie nicht einfach so vorbeigekommen?«

Irritiert sah Susan die Frau im Engelskostüm an, deren Gesicht nichts mehr von der Freundlichkeit zeigte, mit der sie eben noch die Kinder und den Weihnachtsmann angelächelt hatte. Sie wusste nicht, was sie darauf antworten sollte, doch selbst wenn sie es gewusst hätte, wäre es egal gewesen, weil das Engelchen nur mit den Schultern zuckte und einfach weitersprach. »Unter der Hand hätte ich den Job vielleicht gemacht.«

»Aber?«, fragte Susan nach, als keine weitere Erklärung kam. Sie wusste nicht, wo das Problem war, wenn die Frau vor ihr doch Zeit hatte.

Deren Stirn zog sich in Falten und sie sah Susan an, als hätte diese nicht mehr alle Tassen im Schrank. »Es sind Kinder. Meinen Sie wirklich, ich strahle diese Blagen noch eine Sekunde länger für diesen mickrigen Stundenlohn an? Unter der Hand hätte ich wenigstens etwas besser damit verdient. Aber so? Sorry, ich muss das Kostüm sofort zurückbringen, wenn ich den Job nicht annehme.«

Damit drehte sie sich um, rauschte durch die Menge davon

und hinterließ eine völlig fassungslose Susan, die zu nichts anderem in der Lage war, als ihr hinterherzustarren.

»Ist alles in Ordnung?«, holte sie nach einer Weile die Frage eines Mannes zurück in diese Welt. Mit einem gezwungenen Lächeln auf den Lippen sah sie langsam nach oben, da er sie um mindestens einen Kopf überragte. Grau melierte Haare fielen ihm in die Stirn, als er sich leicht vorbeugte und sie skeptisch musterte.

»Ja, danke.«

»Sind Sie sicher? Wenn Sie sich setzen wollen ...« Mit einem freundlichen und einladenden Lächeln deutete er auf eine Bank, die nicht weit entfernt stand. Der gräuliche, beinahe volle Bart, verstärkte nur den Eindruck, hier einen weiteren Weihnachtsmann vor sich zu haben, sodass sich Susan für einen Moment fragte, ob er es gewesen war, der eben noch auf der Bühne mit den Kindern gesprochen hatte. Doch als sie sich umdrehte, entdeckte sie den anderen Weihnachtsmann noch in seinem Kostüm.

Sie sah ihm ins Gesicht und schüttelte den Kopf. »Es geht gleich schon wieder. Ich musste mich nur einen Moment sammeln.«

Noch immer schien er mit der Antwort nicht zufrieden zu sein und Susan bemerkte aus dem Augenwinkel, wie eine hübsche, blonde Frau zu ihm trat, sich bei ihm einhakte und fröhlich darauf losplapperte. »Lässt man dich mal eine Sekunde aus den Augen.« Die Frau wandte sich nun an Susan und lächelte sie an. »War er zu aufdringlich? Er kann Frauen in Nöten einfach nicht wiederstehen.«

»Ach nein«, wiegelte Susan sofort ab, denn sie fand es mehr als nett, dass er überhaupt nachgefragt hatte. Es schien doch Menschen zu geben, denen ihre Umgebung nicht egal war. »Nicht jeden Tag wird man so nett gefragt, ob alles okay ist.«

»Ja, so ist er«, gab sie zu und betrachtete ihren Mann mit

einem strahlenden Lächeln, was ihn nur dazu veranlasste verlegen zwischen den beiden Frauen hin und herzusehen, bevor sein Blick unsicher an Susan hängen blieb.

»Und wir können Sie wirklich alleine lassen?«, fragte er an Susan gewandt.

»Ja. Ich muss sowieso weiter. Ihnen beiden noch frohe Weihnachten.«

Der Mann nickte ihr aufmunternd zu, bevor er den Arm um seine Frau legte. »Ihnen auch und dass Ihre Wünsche in Erfüllung gehen.«

Ja, wenn das so einfach wäre, dachte sie nur, als sie sich von dem Paar wegdrehte und den Ausgang ansteuerte. Jetzt blieb ihr nur noch ein Weg. Der in die Klinik, um Moritz zu sagen, dass aus dem Weihnachtsfest eines ohne Engel werden würde, weil alle Anstrengung nichts gebracht hatte, außer einem Haufen Absagen. Ihr Herz zog sich alleine bei dem Gedanken daran schmerzhaft zusammen. Gerade für Sammy hätte sie sich gewünscht, ihm seinen Traum ein letztes Mal erfüllen zu können. Aber was nicht sein sollte, war auch für sie nicht zu ändern.

Vor dem Einkaufsgebäude blickte sie erst nach links – die Richtung, aus der sie von der Bushaltestelle gekommen war – und dann nach rechts – dem direkten Fußweg zum Krankenhaus. Wahrscheinlich wäre sie mit dem Bus schneller, doch sie entschied sich dagegen und bog nach rechts ab. Ihr kam es so falsch vor, Moritz einfach nur zu sagen, dass der Engel nicht da war. Vielleicht würde der Weg ihr helfen, eine Ausrede für die Kinder zu finden, die ihnen erklärte, warum ein Engelchen an Weihnachten nicht in der Lage war, sie zu besuchen. Ob diese glauben würden, wenn man sagte, die Post hatte die Geschenke des verschnupften Engels gebracht, weil der die Kinder nicht anstecken wollte? Auch wenn es nah an der Wahrheit war, kam ihr diese Ausrede lahm vor. Doch mit jeder anderen fühlte sich Susan ebenfalls nicht wirklich besser. Stattdessen wurde ihr Herz mit jedem Schritt schwerer und sie starrte das Kopfsteinpflaster vor sich an, auf dem sich die Schneeflocken in braunen Matsch verwandelten.

Sie achtete nicht mehr auf die Menschen, nicht auf die Kälte. Alles, was jetzt noch in ihren Kopf passte, waren die Gedanken an Ally, an Sammy, an die anderen Kinder der Station. An die lachenden Gesichter, die sie im allerersten Jahr sehen durfte. An Allys strahlende Augen, weil ihr Streich geglückt war. Sie merkte, wie eine erste Träne über ihre Wange rollte, doch sie war nicht einmal mehr in der Lage, sie wegzuwischen.

Susan spürte einen Schlag an ihrer Schulter und fand sich schon im nächsten Moment mit ihrem Po auf dem Pflaster wieder.

»Entschuldigung«, rief ein Passant, eilte jedoch einfach weiter. Sie starrte ihm hinterher und schüttelte ungläubig den Kopf, bevor sie sich die Tränen aus den Augen wischte. Musste heute alles schiefgehen?

Kaum wollte sie sich aufrappeln, halfen ihr andere Fußgänger auf die Beine, denen sie schnell versicherte, dass sie in Ordnung war. Sie klopfte ihren Mantel ab, an dem nun einiges von der matschigen Brühe hing und spürte die Kälte durch die nasse Strumpfhose hindurch. Wenigstens hatte der Mantel ihren Rock bedeckt, so dass der von dem Angriff verschont geblieben worden war. Fassungslos hob sie den Kopf und erstarrte, als sie vor sich im Schaufenster ein Engelskostüm entdeckte. Ein leichtes weißes Kleid, das unterhalb der Brust durch ein goldenes Band abgeteilt war. Flügel, die mit unzähligen Federn bedeckt waren, und ein ebenfalls goldenes Band, das um den Kopf der Schaufensterpuppe geschlungen war, vervollständigten das Bild. Susan trat wie paralysiert näher an das Fenster heran und starrte auf das Kostüm. Wollte Gott sie nun endgültig verhöhnen? Die perfekte Alternative und doch war es dunkel im Inneren des Ladens. Gerade wollte sie sich enttäuscht abwenden, als sie in der unteren Ecke des Schaufensters einen Zettel fand, auf dem ein Jobangebot stand. Mit einer Telefonnummer.

Ihr Herz raste mit einem Mal in ihrer Brust, als sie mit zitternden Fingern ihr Handy aus der Manteltasche kramte und Ziffer für Ziffer eintippte, bevor sie auf den grünen Hörer starrte. Sollte Sie? Allys Gesicht erschien vor ihrem inneren Auge und sie drückte auf den Button. Mit angehaltenem Atem hob sie das Smartphone an ihr Ohr und wartete darauf, ob am anderen Ende jemand abnahm.

»Meyer«, ertönte eine dunkle, freundliche Männerstimme.

»Herr Meyer, Sie könnten meine Rettung sein«, begann sie ohne große Einleitung. »Würden Sie mir das Engelskostüm aus Ihrem Schaufenster ausleihen?« Als es am anderen Ende still blieb, sah sie hoch auf das Schild, das den Namen des Geschäfts preisgab. »Sie sind doch der Besitzer des Ladens ‚Gebraucht und dennoch geliebt'?«

»Äh ... ja ... natürlich. Aber was wollen Sie mit unserem Kostüm?«

»Es nur für ein paar Stunden ausleihen. Die Kinder der Krebsstation im Krankenhaus müssen sonst auf ihren Engel verzichten. Natürlich bezahle ich dafür.« Susan selbst hörte den flehenden Ton in ihrer Stimme und konnte nur hoffen, dass es den Besitzer erweichen würde, er herkam und ihr das Engelskostüm borgte.

»Wir sind sowieso gerade in der Stadt, in fünf Minuten sind wir beim Laden. Sie sind dort?«

»Ja, ich warte«, stieß sie erleichtert aus und steckte das Handy zurück, als Herr Meyer den Anruf beendet hatte. Sie rieb ihre Finger aneinander, um sie zu wärmen, da die Kälte langsam von ihren Beinen auf ihren ganzen Körper übergriff. Auch die Nervosität sorgte dafür, dass sie immer mehr erstarrte. War sie verrückt geworden? Hatte sie nicht beschlossen, nicht an der Feier teilzunehmen? Doch der Gedanke daran, dass es nicht Allys Weihnachten werden würde, wie es ihre Tochter sich für die anderen gewünscht hatte, ließ sie nicht los. Wenn Ally noch hier wäre, würde sie sie ermutigen, selbst in das Kleid zu schlüpfen und den Engel zu spielen. Fast meinte sie die Stimme ihrer Tochter leise zu hören, die ihr zuflüsterte, dass sie einen wunderschönen Engel abgeben würde.

»Man trifft sich im Leben immer mehrmals«, ertönte da hinter ihr eine belustigte Frauenstimme und Susan drehte sich um. Ihr Blick traf auf einen Mann mit graumelierten Haaren, an dessen Arm sich eine blonde Frau eingehakt hatte. Ungläubig sah sie zu dem Paar von dem sie eben keine Hilfe hatte annehmen wollen.

»Sie sind Herr und Frau Meyer?«, fragte sie unsicher, doch die beiden nickten zufrieden.

»Und wir können doch helfen«, antwortete der Mann grinsend, während seine Frau sich von ihm löste und in ihrer Tasche nach einem Schlüssel kramte, um ihnen den Laden aufzuschließen. Susan folgte den beiden in einen beheizten Raum.

»Möchten Sie einen Kaffee?«, fragte Frau Meyer sofort, als sie nach hinten in dem Raum verschwand und von dort rief: »Sie sehen durchgefroren aus.«

»Das wäre toll. Ich wurde eben umgerannt«, informierte Susan die beiden. »Nun habe ich nasse Klamotten.«

»Oh nein«, kam es mitfühlend von dem Mann. »Heute scheint nicht ihr Tag zu sein.«

»Naja, irgendwie hoffe ich, dass er es noch wird«, gab sie zu. »Wenn dieser Mann mich nicht über den Haufen gerannt hätte, wäre mir das Engelskleid in ihrem Schaufenster nicht aufgefallen.«

Frau Meyer kam in den Laden zurück und drückte Susan eine Tasse in die Hand, während sie ihrem Mann ebenfalls eine reichte. »Und Sie wollten sich das Kleid ausleihen?«

»Auf der Kinderstation der Klinik soll später eine Weihnachtsfeier stattfinden und der Engel ist krank geworden«, begann Susan, bevor sie von der ganzen Odyssee berichtete, die sich seitdem ereignet hatte. Während die beiden ihr zuhörten, wurden die Züge auf ihren Gesichtern immer weicher und Frau Meyer schmiegte sich näher an ihren Mann. Susans Stimme brach an der ein und anderen Stelle, sodass sie einen Schluck Kaffee nahm, bevor sie weitersprach. Erst als sie geendet hatte, seufzte die Frau vor ihr.

»Ich finde es schön, wenn sich Menschen um andere Gedanken machen. Natürlich bekommen Sie das Kostüm.«

»Ich weiß gar nicht, wie ich Ihnen danken soll«, brachte Susan heiser hervor. »Was bekommen Sie dafür?«

Entrüstet schnaubte Herr Meyer neben seiner Frau auf. »Als würden wir dafür Geld nehmen. Es ist für einen guten Zweck. Was gibt es an Weihnachten Schöneres, als Kindern ein Lächeln aufs Gesicht zu zaubern?«

Seine Frau musterte Susan genauer. »So können Sie nicht raus.« Sie deutete auf die Schuhe, die voll mit Schneematsch waren und auf ihre ebenso nasse Strumpfhose. »Welche Schuhgröße haben Sie?«

»39.«

Damit verschwand die Frau in den Tiefen des Ladens, während ihr Mann ans Schaufenster trat und die Puppe samt Kleid zu sich in den Verkaufsraum holte, um ihr Kostüm und Accessoires auszuziehen und Susan zu reichen. »Dort hinten müssten andere Strumpfhosen rumliegen, suchen Sie sich einfach etwas aus.

»Aber das...«

»Keine Widerrede«, unterbrach er sie. »Sie wollen doch morgen kein kranker Engel sein. Es gehört zum Kostüm dazu.«

Susan musste schlucken und wandte sich in die Richtung, in die er gezeigt hatte. In einem Korb fand sie dicke Strumpfhosen und Leggins in sämtlichen Farben. Sie suchte sich eine schwarze heraus, als ihr ein paar flache Ballerinas entgegengehalten wurden.

»Sie sind zwar nicht warm, aber wenn wir sie gleich zum Krankenhaus fahren, sollte es gehen. Zumindest würde es besser zu dem Kostüm aussehen als Ihre Schuhe.« Frau Meyer schmunzelte. Susan stand auf und umarmte die andere Frau gerührt.

»Ich weiß gar nicht, womit ich das verdient habe«, flüsterte sie mit gebrochener Stimme.

»Weil jeder einen Engel braucht«, gab die Frau vor ihr kryptisch von sich und sah sie warm an.

»Oh, ich muss meinem besten Freund schnell Bescheid geben, dass ich einen Engel gefunden habe.« Sie eilte zurück zu ihrem Mantel und holte erneut ihr Handy hervor. Da sie nicht wusste, ob Moritz in diesem Moment telefonieren konnte, schrieb sie ihm eine schnelle Nachricht, dass das Fest wie geplant stattfinden würde, und sah dann auf die Uhr. Sie hatte eine ganze Stunde, bis sie im Krankenhaus sein musste. Mit der Erkenntnis, dass sie dieses Weihnachten nun wirklich mit den Kindern verbringen würde, kam die Nervosität mit einem Schlag zurück.

Frau Meyer stand abwartend vor ihr. »Wieviel Zeit haben wir, damit wir Sie auch vom Aussehen her in einen Engel verwandeln können?«

»Eine Stunde, dann erwarten die Kinder eine Weihnachtsfeier.«

»Das bekommen wir hin. Da hinten sind Umkleidekabinen.« Sie deutete auf das Kostüm in Susans Händen. »Ziehen Sie sich schnell um und dann kümmere ich mich um Ihre Haare und den Kopfschmuck.«

»Wollen Sie beide mich vielleicht begleiten? Ohne Sie würde das Fest schließlich nicht stattfinden können.«

Das Ehepaar sah sich für einen Moment fest in die Augen, bevor die beiden gleichzeitig nickten. »Wenn Sie meinen, wir stören dabei nicht?«

»An Weihnachten stört niemand«, antwortete Susan und verzog sich schnell in die Umkleidekabine.

# 8. Kapitel

Mit feuchten Fingern und klopfendem Herzen strich Susan sich immer wieder über das weiße Kleid, als sie gemeinsam mit den Meyers den Aufzug nach oben zur Station fuhr, auf der mit Sicherheit schon einige kleine Patienten aufgeregt auf den Engel warteten. In dem Spiegel, der eine Wand des Innenraums zierte, betrachtete sie sich nachdenklich. Warum Frau Meyer einen Lockenstab in ihrem Laden hatte, wollte sie nicht wissen, aber sie hatte ihre Haare damit zu einer kunstvollen Lockenfrisur geformt, von der sie einige Strähnen hochgesteckt und das goldene Band hineingewoben hatte. Immer wieder blitze es zwischen ihren eigenen Haaren auf. Die weißen Flügel waren zwar sperrig, doch zum perfekten Kostüm gehörten sie dazu. Sie musste zugeben, dass ihre Retterin ganze Arbeit geleistet hatte. Nie hätte sie erwartet, den Kindern doch noch einen wunderschönen, zarten Engel vorbeischicken zu können.

»Es wird alles gut werden.« Die Hand von Frau Meyer griff kurz nach ihrer und drückte sie. Das Lächeln, das ihr im Spiegel begegnete, erwiderte sie nur zu gern. Natürlich war die Frau neugierig gewesen, warum Susan so viel auf sich nahm, um den Kindern auf der Krebsstation eine Freude zu machen. Es war ihr falsch vorgekommen, vor Fremden Allys Leidensgeschichte auszubreiten, ihre Helfer jedoch mit Lügen abzuspeisen, war noch weniger ihre Art. Vor allem nicht, da die beiden so nett und freundlich zu ihr und den Kindern waren. Also hatte sie nur kurz erwähnt, dass sie sich seit dem Tod ihrer eigenen Tochter für die kleinen Patienten dieser Station verantwortlich fühlte. Ebenso hatte sie ihre Angst eingestanden, an Weihnachten dabei zu sein, weil es das erste Mal sein würde.

Die Türen glitten auf und Susan atmete einmal tief durch, bevor sie aus dem Aufzug trat und mit wackeligen Knien in Richtung Schwesternzimmer ging. Doch schon nach wenigen Schritten blieb sie stehen, da Helena auf dem Gang stand und plötzlich laut zu kreischen anfing.

»Du bist wirklich da.« Schnell eilte die kleine Frau auf sie zu und zog sie in ihre Arme, wobei die Flügel auf ihrem Rücken stark schwankten. »Endlich bist du wieder dabei. Und das als Engel. Ich fass es nicht.«

Langsam befreite sich Susan aus der Umarmung und befühlte die Frisur, die hoffentlich überlebt hatte. »Ich konnte euch leider keinen anderen Engel besorgen.« Sie deutete mit ihrem Kopf nach hinten auf ihre Begleitung. »Die beiden waren so nett mir ihr Kostüm für heute umsonst zu borgen. Da dachte ich, es ist okay, wenn ich sie mitbringe.«

Helenas Augen strahlten, als sie auf die Meyers zuging und den beiden die Hand hinstreckte. »Schwester Helena. Ich bin Ihnen wirklich dankbar für Ihre Unterstützung. Kommen Sie doch mit. Die Kinder werden mit Sicherheit jeden Moment im Aufenthaltsraum auftauchen.«

Susan folgte Helena und dem Ehepaar mit ein paar Schritten Abstand und sah sich suchend nach Moritz um. Sie hätte gerne vorher mit ihm gesprochen, doch sie konnte ihn nirgends entdecken. Kurz presste sie ihre Lippen zusammen. Hoffentlich gab es keinen Notfall, zu dem er gerufen worden war. Natürlich würde sie es ihm nicht verübeln, wenn er sich um einen kleinen Patienten kümmern musste, aber sie wollte ihn auf der Feier haben. Sie brauchte seine Anwesenheit, um die Situation zu meistern.

Der große Baum stand geschmückt mit silbernen Kugeln und roten LED-Kerzen in der Ecke des Raumes und direkt davor lagen die vielen Geschenke, die Susan mit ihrem Auto hergefahren hatte, neben anderen bunt eingepackten Päckchen, die von den Eltern bei den Schwestern abgegeben worden waren. Für einen Moment fragte sie sich, was Ally wohl zu diesem Baum und der Feier gesagt hätte, die erst durch Allys Einfall und Susans Engagement in den Jahren danach als Tradition auf der Kinderstation begonnen hatte. Der bittere Geschmack der Trauer breitete sich in ihrem Hals und ihrem Mund aus und sie musste sich bemühen, normal weiter zu atmen und nicht in einen Heulkrampf zu verfallen. Zu gerne hätte sie Ally ebenfalls ein solches Weihnachten ermöglicht.

»Schau nur, Mami«, hörte sie genau in diesem Moment die Stimme eines kleinen Mädchens.

Susan setzte ein Lächeln auf und drehte sich zu dem Kind um. Um den Kopf war ein Tuch geschlungen, was mit Sicherheit den Verlust der Haare durch die Chemotherapie kaschieren sollte. Doch die Augen des Mädchens leuchteten hell auf, als es den Baum und die Geschenke anstarrte. Ihre kleine Hand war in die ihrer Mutter gelegt, die ebenfalls mit einem Lächeln die Szenerie betrachtete, bevor sie sich mit ihrer Tochter auf einen der Stühle setzte, das Mädchen auf ihren Schoß hebend. Die beiden hatten anscheinend den Startschuss ausgelöst, denn innerhalb weniger Minuten war das Zimmer bis zum Rand gefüllt. Der letzte Patient, der hineingeschoben wurde, brachte Susans Herz zum Aussetzen. Sammy wurde von seinem Vater in einem Rollstuhl ins Zimmer geschoben. Eine einsame Träne stahl sich nun doch aus ihrem Augenwinkel und sie atmete zitternd ein, als sie den Jungen betrachtete, der zu sowas wie dem besten Freund ihrer Tochter geworden war. Dass er ihr schon so bald folgen würde, ließ ihr Herz für seine Eltern bluten. Hätte Helena nicht genau in diesem Moment das Wort ergriffen, wäre Susan zu dem kleinen Jungen gestürmt, um ihn in ihre Arme zu ziehen.

»Da nun alle anwesend sind, denke ich, dass wir beginnen sollten. Die Kinder haben in den letzten Tagen ein Lied eingeübt, das sie Ihnen allen gerne vortragen würden.«

Überrascht sah nicht nur Susan zu der Schwester, sondern auch die meisten der Eltern, während sich auf den Gesichtern der Kinder ein breites Grinsen zeigte, weil sie es geschafft hatten, dies geheimzuhalten. Es erschallte eine schöne, wenn auch teils schiefe Version von Jingle Bells, bei der die Kinder jedoch wahnsinnig viel Spaß zu haben schienen.

Susan ließ ihren Blick über die Menge gleiten, bis sie an einem blauen Paar Augen hängenblieb. Moritz stand in der Tür und starrte sie mit leicht geöffnetem Mund und einem ungläubigen Blick an. Sie wollte sich schon verlegen durch die Haare fahren, erinnerte sich jedoch gerade rechtzeitig an die kunstvolle Frisur, die sie nicht schon vor ihrem Auftritt zerstören konnte. Sie ließ ihre Hand wieder sinken und lächelte nur kurz verlegen, bevor sie sich auf die Kinder konzentrierte, die gerade die letzten Töne erklingen ließen.

Nach einem kurzen Kopfnicken von Helena war ihr klar, dass nun ihr Part folgen würde. Mit klopfenden Herzen nahm sie eins der bunten Pakete auf und las den Namen auf dem Schild vor. Das Mädchen mit dem Tuch rutschte vom Schoß ihrer Mutter herunter und kam auf Susan zugelaufen, um ihr mit einem strahlenden Gesicht das Geschenk abzunehmen. So verteilte sie Päckchen für Päckchen, bis auch alle ihre eigenen einen neuen Besitzer gefunden hatten. Bis auf ein Einziges. Sie nahm es auf, ging auf Sammy zu und hockte sich vor ihn hin. Das Geschenk legte sie ihm in seinen Schoß, bevor sie mit erstickter Stimme »Frohe Weihnachten« flüsterte.

Der Junge sah sie mit feuchten Augen an, bevor er sich vorbeugte und seine Arme um ihren Hals schlang. »Danke Susan. Ich hätte nicht gedacht, dass ich dich noch einmal sehe.«

Bilder von vielen Stunden, in denen sie ihm und Ally aus allen möglichen Büchern vorgelesen hatte, liefen vor ihrem Auge ab. Ihre Arme schlangen sich automatisch um den dünnen Jungen, während ihre tränennassen Augen sich nach oben zu seinen Eltern wandten, die sie gerührt ansahen. Wie gerne hätte sie etwas Aufmunterndes gesagt, doch sie wusste, jede Lüge konnte den Jungen ebenso verletzten, also war sie still und hielt ihn nur fest in ihren Armen.

Erst als er sich räusperte und seine Arme von ihren Schultern löste, brachte auch sie etwas Abstand zwischen Sammy und sich.

»Genießt das Fest. Und viel Spaß mit dem Geschenk«, flüsterte sie noch, bevor sie aufstand und in die Runde sah. »Euch allen wünsche ich frohe Weihnachten.« Sie merkte selbst, wie brüchig ihre eigene Stimme bei den Worten klang, doch sie konnte es nicht ändern. Zu etwas anderem war sie nicht mehr in der Lage. Mit einem letzten Lächeln in die Runde, verließ sie hastig den Raum und zwängte sich an Moritz vorbei nach draußen.

Wohin sie genau lief, wusste sie erst, als sie wieder einmal vor dem Aufzug stand und hektisch auf den Knopf drückte. Doch noch bevor sich die Türen öffnen konnten, griff eine Hand nach ihrem Arm und brachte sie dazu, mit tränenverschleiertem Blick nach oben zu sehen. Sanft zog

Moritz sie zu sich heran und legte einen Arm um ihre Taille, bevor er eine Träne wegwischte, die ihren Weg über ihre Wange gefunden hatte. Susan schmiegte sich an ihn und ließ weiteren Tränen ihren Lauf.

Er hielt sie nur fest und streichelte beruhigend über ihren Rücken. So standen sie eine ganze Weile da, bis er mit belegter Stimme zu sprechen begann: »Dass du mir einen Engel schicken würdest, wusste ich, aber nicht, dass es mein Engel sein würde.«

Susan sah erstaunt zu ihm hoch. Langsam lösten sich seine Finger von ihrem Rücken und legte sich stattdessen auf ihre Wangen. Doch nicht, um die Tränen wegzuwischen. Nein, er hielt ihr Gesicht einfach umfangen, sah ihr in die Augen, suchte ihr Einverständnis, bevor er langsam seine Lippen auf ihre senkte. Federleicht war der Kuss, den er ihr gab. Sanft liebkoste er ihren Mund, ohne sich an dem salzigen Geschmack zu stören. Liebevoll, tröstend, aufbauend, all das war sein Kuss, den sie zärtlich erwiderte und dabei ihrem klopfenden Herzen lauschte.

Als er sich wieder von ihr löste, nahm er ihre Hand und zog sie mit auf eins der Sofas, auf das er sich fallen ließ. Susan zog die Engelsflügel aus und legte sie auf den Tisch, bevor sie sich neben Moritz setzte und ihre Finger mit seinen verschränkte.

Weitere Tränen liefen über ihre Wangen, als sie zum Sprechen ansetzte: »Ich konnte Sammys letztes Weihnachten nicht ohne Engel stattfinden lassen.« Sein Daumen strich sacht über ihren Handballen, doch er ließ sie aussprechen. »Trotzdem wäre ich nicht gekommen, wenn es eine andere Lösung gegeben hätte. Hier sind so viele Erinnerungen. Sie ist hier so gegenwärtig.«

Ihr Hals schnürte sich immer mehr zu und erstickte den Versuch, ein weiteres Wort zu sagen. Moritz ließ ihre Hände los und strich für einen Moment gedankenverloren über die Federn. Ein eiskalter Schauer lief Susan über ihren Rücken, als sie sich fragte, ob sie nun auch ihn mit ihrer Trauer verschreckt hatte.

Doch seine ebenfalls erstickten Worte, zerstreuten endgültig ihre Bedenken. »Ich hätte sie so gerne schon lange vor der Krankheit kennengelernt. Meine Zeit mit ihr war viel zu kurz. Jeden einzelnen Tag muss ich an Ally denken und vermisse ihr Lächeln.«

Er drehte sich zu ihr um und hielt eine Feder in den Händen, die sich aus dem Kostüm gelöst haben musste. Susan griff danach und sah wie gebannt auf die weißen Fäden, als sich ihre Augen erneut mit Tränen füllten und sie sich von Moritz auf seinen Schoß ziehen ließ.

»Ich vermisse nicht nur ihr Lächeln. Ich vermisse ihre Widerworte, ihre Unordnung, ihre Abenteuerlust. Ich vermisse mein kleines Mädchen und es hört nicht auf.«

Sanft strich sie über die Feder in ihren Händen, als Moritz ebenfalls danach griff. »Das muss es nicht. Wir beide werden sie bis an unser Lebensende vermissen. Aber wenn du mich lässt, würde ich sie gerne mit dir zusammen vermissen können.«

Susan schmiegte ihren Kopf nach einem kurzen Nicken in seine Halsbeuge, während sie auf die feine, leichte Feder starrte.

Es war Weihnachten. Ally würde es niemals wieder feiern können und doch hatte Susan das Gefühl, dass sie gerade in diesem Moment näher war, als sie es erahnen konnte. Und während sie auf die Feder starrte, die zwischen ihren und Moritz Fingern steckte, fühlte sich ihr Weihnachten zum ersten Mal seit Allys Tod federleicht an.

# Danksagung

Ich weiß ehrlich gesagt gar nicht, wo ich dieses Mal anfangen soll, mit meiner Danksagung, weil ich große Angst habe, irgendjemanden zu vergessen. Denn diese Erzählung hätte es nicht gegeben, wenn da nicht unheimlich viele Menschen für mich dagewesen wären.

Mein erster großer Dank richtet sich an Chrissi. Egal, zu welcher möglichen und unmöglichen Zeit ich dir geschrieben und dich mit Fragen bombardiert habe, du warst immer für mich da, hast mir zur Seite gestanden und Susan und Moritz auf ihrem Weg von Anfang an begleitet. Wir haben gemeinsam geflucht, fanden die gleichen Personen einfach nur doof und wussten trotzdem, dass wir sie für die Geschichte brauchen. Danke dir für alles.

Der zweite Dank geht an meine Testleser, die sich meine ersten Entwürfe durchgelesen und mir unheimlich viel Rückmeldung gegeben haben. Danke an Mira, Franzi, Debby, Daphne, Kerrin und Dustin. Ihr habt den Text Stück für Stück besser gemacht.

Mike und Meli, euch darf ich auch nicht vergessen. Ihr habt nicht nur eure Zeit investiert, um beide mein Buch genau unter die Lupe zu nehmen, sondern ihr seid ebenfalls immer da, wenn mich mal wieder die Zweifel plagen. Und wenn ich ganz ehrlich bin, waren es auch Mikes Worte, die mich veranlasst haben, mal ein etwas anderes Buch zu schreiben.

Danke an Ina, weil du mal wieder meinen Text so mit mir bearbeitet hast, dass ich nun mit gutem Gewissen sagen kann, ich bin zufrieden.

Ebenso einen Dank an Vivien Summer, die sich kurzfristig bereit erklärt hat, meinem Print einen tollen Look zu verleihen.

Wen ich ebenfalls nicht vergessen darf, sind die Blogger, die mich tatkräftig unterstützt haben, als ich dieses Werk auf den Weg bringen wollte. Ich bin jedem Einzelnen von euch unendlich dankbar für seine Mühe und Arbeit, die er in dieses Projekt gesteckt hat.

Danke außerdem auch an Anna. Ich glaube, du weißt selbst, wofür.

Mein größter Dank geht aber auch dieses Mal an meinen Mann und meine beiden Kinder. Es macht mich glücklich, dass ihr mich unterstützt in meiner Leidenschaft, nach meinen neuen Büchern und Ideen fragt und es aushaltet, wenn ich mal wieder an meinem Laptop sitze, weil die Worte einfach aus dem Kopf herauswollen.

Und zum Schluss danke ich natürlich euch, meinen Lesern, die dieses Buch und diese Danksagung bis zum Ende gelesen haben. Danke, dass ihr dieses Buch gekauft habt, danke, dass ihr Susan und Moritz begleitet habt. Danke euch, dass ihr euch für diese Geschichte interessiert. Das ist es, was mich wirklich glücklich macht.